明けゆく毎日を最後の日と思え

玉村豊男

朝から原稿を書くのは週に1日か2日。あとは絵ばかり描いている

ヴィラディストワイナリーの2020年秋の光景。ガーデンに咲く四季折々の花が絵のモデルになる

千曲川と上田盆地を見下ろし、北アルプスを望むガーデンからの眺め

ガーデンのパーゴラで太陽が落ちる頃に飲むシャルドネがうまい

自宅から歩いて100歩のワイナリーカフェは行きつけのレストラン

ワイナリーの建物と温室が見える里山の夕景。ブドウ畑は約2万坪

畑仕事は若いスタッフにまかせて、私はたまに収穫を手伝う程度

夫婦の仲は悪くはないが、こんなふうにカフェでくつろぐことはめったにない

シバ犬のピノは9歳。ブドウ畑をひとまわりするだけでいい運動になる

明けゆく毎日を最後の日と思え

玉村豊男

まえがき

２０１８年の末に、ある団体の会報紙から、短いコラムの連載を依頼された。週刊の新聞だから、１週間に1回、字数は８００字あまりである。その連載が、２年間続いた。

私はエッセイストを名乗っているが、もともとは短いコラムを書くことから物書きのキャリアをスタートさせた。だから字数や行数があらかじめ決められた小さな枠の中に起承転結を収めるコラムという形式が、好きでもあり、得意でもある。

コラムcolumnという英語は「円柱」という意味で、新聞などの小さな囲み記事に割り当てられたスペースを柱に見立ててそう呼んだのが語源である。エッセイ（試論・随想）は内容を、コラムは形式をあらわす言葉だが、コラムと名乗るからには短いだけでなく、ときには時事的な批評を含めた「寸鉄人を刺す」……ような、鋭い切り口が求められる。

その意味では、本書に収めた１００本のコラムは、コラムという形式に、しばしば緩やかなエッセイの内容を盛ったものである。私が暮らしている信州の里山の風景や季節の変化を縦糸に、田舎に住んでいても否応なくさらされるさまざまなニュースに触発される意見や感想を横糸にして、短いエッセイをコラムに仕立てて日記のように並べてみた。

平成から令和への改元騒ぎで幕を開け、インバウンドとオリンピックの狂騒曲で期待を盛り上げた２０１９年。

独裁政治、地球温暖化、戦争の危機……その陰で進行する不穏な現実世界を忘れようと、オリンピック・パラリンピックに熱中しようと思った途端、思いがけない新型ウイルスの襲来にすべてが根底から覆された２０２０年。

参考までにこの2年間の出来事を列挙した年表のようなものを巻末に掲げたが、わずか2年のうちに社会の状況がこれほど極端に変化するとは、誰ひとり想像していなかった。

もとより個人のコラム日記が、世相を映す鏡にも、時代を切り取る批評にも成り得ないことは分かっている。が、微妙に社会に引きずられる個人の日常がうかがえる報告は、ある意味では世界の変わり目とも言えるこの2年間の日々を、読者のそれぞれが思い起こす縁(えにし)にはなるかもしれない。

１００本のコラムを書くあいだに、私は75歳になった。病気は自慢するほどあり、コロナ禍では危険な「基礎疾患のある後期高齢者」でもある。本のタイトルは、いつ死んでもおかしくないと思うようになってから毎朝思い起こす、ホラティウスの言葉から拝借した。

明けゆく毎日をお前の最後の日と思え――ホラティウス『書簡詩』より

初出

２０１９年1月7日から２０２０年12月21日までの2年間にわたって、大蔵財務協会発行の会報紙『税のしるべ』に週１回のペースで連載されたコラムを、発表順に収録した。同紙掲載時は「水到魚行（すいとうぎょこう）」という通しタイトルをつけていたが、単行本化にあたって改題した。

「水到魚行」の連載は2年間で96回を数えたが、うち3篇を割愛し、既発表のコラム6篇と「あとがき」にあたる1篇を加えて合計１００本とした。「ヤギ子の青春」「気になる言葉」「お出かけ日和（びより）」「本の終活」「老人ロック」の5篇は『日本経済新聞』に連載された共同執筆コラム「明日への話題」に、「差別用語」は『読売新聞』長野版連載の同じく「しなの草紙」に、それぞれ発表された。日本経済新聞のコラムは２０１８年、読売新聞のコラムは２０１９年の執筆だが、内容と季節を勘案して適当と思われる位置に挿入した。

ただしいずれの作品もほぼ例外なく、単行本化にあたって、行数の調整に由来する句読点の位置や改行箇所の変更を含むなんらかの改変、あるいは推敲（すいこう）による多少の改稿を施してある。

明けゆく毎日を最後の日と思え

目次

2019 JAN.～JUN.

2019 JUL.〜DEC.

2020 JAN.～JUN.

2020　JUL.～DEC.

水到魚行（2019・1・7）

色紙にサインを求められることがある。

店に入ると色紙を差し出されるような芸能人とは違うが、たとえば講演などが終わったとき、記念になにか一言書いてほしいと頼まれたりする。

「田園の快楽」。「健全なる美食」。「日常の極楽」。

自分の著書のタイトルを、思いつくままに書くことが多い。

「種まく人」もそのひとつで、これまでにたどってきた人生の足取りを振り返ると、花を摘むよりは種をまく仕事が多かった、と、字を書きながらある種の感慨を抱く言葉でもあるのだが、そうは言ってもいつも同じような言葉ばかり書くのはつまらない。

そう思って、ふと中国の成句を集めた本を繰っていたら、

「水到魚行」

という言葉に目が止まった。

水到りて魚行く。水が満ちてくれば、おのずと魚は泳ぎ出すものだ。条件が整わないうちは、なにをやっても無駄である。物事が動くときは、それなりの状況が備わったときである……という意味だそうだ。

急(せ)いては事を仕損じる、待てば海路の日和あり、といった日本の諺(ことわざ)にも通じる言葉のようだが、水のない堀の底で泳げずにいる魚のイメージが面白くて、以来、ときどき使うようになった。

子供の頃から、「おっちょこちょい」だとか、「せっかち」だとか言われてきた。

落ち着きがなく、バタバタしている。ゆっくりやればできるのに、早とちりして間違える。だからあなたはケアレスミスが多いのよ。いつも母親にそう言われてきた。

小学校のとき、成績はよかったが、いつも学級で二番だった。

一番は久富(ひさとみ)さんという女の子で、この人はミスがない。点数の差はわずかだが、試験ではいつも私がつまらない思い違いをして、引かれなくてもよい点を引かれるのだ。

母親は、それが我慢できなかったらしい。酉年生まれだから、いつもあたりを動きまわって落ち着きがない、せわしなく絶えずくちばしで地面をつついている、ニワトリみたいな性格だ、と言うのである。

水到りて魚行く。

私がこの言葉に惹かれるのは、水がなければ泳ぐことはできないのに、絶えず焦って泥をかきまわしている、こらえ性のない魚に自分が似ていると思ったからだろう。ニワトリの自覚はないが、泥まみれの魚の気分はよく分かる。

おっちょこちょい（2019・1・14）

若いうちは、水がないのに無理やり魚を動かそうとしたこともあった。その頃と較べれば、これでも多少は水が満ちるのを待てる魚になったつもりでいるのだが、なんでもすぐに先へ先へと進めたがる、せっかちな性格だけは直らない。ひとつ仕事が終わると、休めばよいのに、休めない。すぐに次の仕事を前倒しにして、締め切りより早く原稿を書いてしまう。

忙しく働いていた頃は、とにかくスケジュールが空くのが嫌で、数多くのアポイントをうまく按配して隙間なく並べ、美しく詰まった予定表を眺めるのが好きだった。

フリーの物書きに定年はないが、この歳になると仕事の注文は大幅に減る。昔いっしょに仕事をした仲間は引退してしまったし、出版社の部長や編集長はとっくに世代交代して、私を直接知る人はいなくなった。若い編集者の中には、古い著者など名前は知っていても生きているかどうかの判断もつかないだろう。だから、いまでは予定表に空白が目立つようになっている。

それでも私はヒマさえあればカレンダーを眺めて、そこに記されている予定が終わった先のことばかり考えている。学生時代の旧友からはしきりに同窓会の案内が届くけれども、とくに参加したいとは思わない。昔の友だちと会うのは懐かしいが、昔話がとくに面白いわけでもない。そもそも私は過去の出来事には興味がなく、これから先になにが起こるか、それだけが関心事なのだ。

歳をとると動作や歩きかたが遅くなるというが、まだその兆候はない。それどころか、「おっちょこちょい」も変わらないし、「せっかち」にはいっそう磨きがかかってきた。でも、その変わらない性格のおかげで、この歳になっても過去にとらわれず、残り少ない未来に向かって前向きでいられるのだから、ありがたいと言うべきか。

3杯目のワイン（2019・1・21）

ワインはほぼ毎日飲んでいる。

医者は「ほどほどに」と言うが、その「ほどほど」が守れない。

1日のアルコール摂取量は25グラム、1週間で150グラムを理想としているのだが、実際にはその倍近く飲んでいる。

25グラムというと、ワインをグラスで2杯の量だ。

毎日の料理は私がつくることになっているので、夕方、2階の書斎から台所へ下りて行き、材料を揃えた段階で、まずよく冷えた白ワインを1杯。最初は喉が渇いているからスイスイ入ってしまう。

料理をつくっている途中で、仕事を終えた妻が台所にやってくる。

私が1杯勧めると、彼女は断らず、冷蔵庫からチーズなどを取り出して調理台の片隅に並べはじめる。私たちはその調理台の片隅を「バール」と呼んでいるのだが、私は料理をつくりながら、妻はその手伝いをしたりテーブルをセットしたりしながら、ときどきバールに立ち寄って白ワインを立ち飲みする。

料理ができあがる頃には、私はたいがい2杯目に入っているので、そのグラスを持って食卓につく。

毎日の夕食は、数種類の野菜を調理したものと生葉を和えたサラダ、それに肉か魚を焼いたものなど簡単な料理だが、食事がはじまる頃には同じ敷地に住んでいる妻の妹がやってくる。3人の年齢を合計すると、208歳。毎日が最後の晩餐だ、といって、バカな話をして大笑いをしながら食べている。

愉快な食卓を囲んでいると、ついついワインが進んでしまう。2杯で止めておこう、と最初のうちは思っていても、白ワインがまだボトルに残っているのを見ると……3杯目の誘惑にはなかなか勝てない。いや、3杯目で終わればまだいいほうで、料理によっては赤ワインが欲しくなり、せっかくだから赤も、ということに。

あれあれ、1日25グラムの限度量はとっくにオーバーだ。

酒飲みの計算（2019・1・28）

ワイン2杯でアルコールが25グラム、という計算は、ワインのアルコール度数を12・5パーセントとして、1杯のグラスに100ミリリットル注いだときの話である。

これがアルコール度数16パーセントの日本酒だと、156ミリリットル強で25グラムになる。居酒屋で「正一合」というのは、だいたいこのくらいの量だろう。

徳利1本で止められれば、たしかに適正飲酒には違いない。が、居酒屋でも家庭でも、酒飲みが徳利1本で我慢できるだろうか。もし1回に2本飲むとすれば、3回でアルコール摂取量は1週間の制限値である150グラムに達してしまう。日本酒2本を3日間か、ワイン2杯を6日間か……。

やれ何ミリ違うの、何グラム違うのと、セコイ議論に夢中になるのは酒飲みの悪い癖だが、最近は、ワイン2杯でアルコール25グラムという計算も成り立たなくなってきた。

ワインは伝統的に12パーセント程度のアルコールを含むものとされてきたが、最近の外国産ワインでは、白ワインでも13・5パーセントから14パーセントくらいあることが珍しくない。赤ワインの場合はもっと高くて、あれ、いつもより酔いが回るのが早いな、と思ってラベルを見ると、15パーセントとか16パーセントとかいう表示がある。これでは、もう日本酒とほとんど変わらない。

ワインのアルコール度数が上がったのは、地球温暖化の影響である。温暖化で夏の気温が上がり、世界的にブドウの糖度が高くなった。酵母が糖をアルコールと炭酸ガスに分解するのがアルコール発酵だから、果実が含む糖の量が増えれば、発酵によって生成されるアルコールの量も増えるわけだ。

問題は、アルコールが強くなると、ワインの味わいそのものが変わってしまうことである。アルコールが強過ぎるワインは、酔いが早いだけでなく、ワインが本来もっているデリケートな風味や繊細な味わいがアルコールの強さの陰に隠れてしまい、単調な印象しか残らない。

だから、フランスをはじめとする伝統的なワイン生産国では、なんとか昔の味わいを取り戻そうと、アルコールを生成しにくい酵母を開発するなど、度数の低いワインをつくる研究に取り組みはじめているそうだ。

これまで日本酒は、食前酒には弱過ぎる、食中酒には強過ぎる、といわれて、ワインを中心に組み立てられたフランス料理のドリンク体系に入り込むことができなかった。が、いつのまにかワインが強い酒になって、日本酒と肩を並べるレベルになってきた。このことは、日本酒がワインの仲間として世界に進出するには追い風となるが、このままワインのアルコール度数が高止まりしてしまうと、グラス2杯のワインが飲めるのは週に5日間だけになりそうだ。

寒い朝の散歩（2019・2・4）

朝は犬を連れて歩く。

夏は朝5時前に目が覚めるので5時には起き出すが、冬は6時過ぎまで眠っていて、外が明るくなるのを待って7時頃にベッドを出る。

田舎暮らしをはじめてから、ほぼ1年を通じて、日の出とともに起きる習慣が身についた。犬のほうも、だいたい同じ時間に目を覚ます。

東京から軽井沢に引っ越した36年前にはじめて飼ったのが、「川上シバ」と名づけた川上犬とシバ犬の雑種である。野生的な川上犬の血を引くだけあって、運動神経が抜群の犬だった。その後、彼女の弟も引き取り、いっしょに東御市に移ってきた。

和犬の雑種の後は、ウェルシュ・コーギー・カーディガンを続けて3頭飼った。コーギーは人懐こくてかわいいが、胴長短足のため、歳をとると背骨が弱って歩けなくなる。私たちの年齢を考えると犬の介護までは手が回らないので、最後はまた和犬に戻ることにした。

現在8歳のシバ犬「ピノ」が6代目。これまでの5頭はいずれも16歳で死んだから、ピノと私はどちらが先に往くか、ちょうどよい競争になるだろう。

朝の散歩は20分くらい。里山を下りて集落に沿った道をぐるりとひとまわりするのが定番のコースになっているが、寒さが厳しい朝は、山の上のブドウ畑を一周して10分くらいで戻ってくる。

寒い朝といっても、最近はせいぜいマイナス5度から6度くらいにしかならない。昔の真冬はマイナス10度以下の日が1週間も10日も続いたことを考えると、やっぱり少しずつ暖かくなっている。

自宅とワイナリーは標高850メートル前後の里山の上に建っているが、引っ越してきた当初は夏でも蚊に刺されることがなかった。蚊の姿はたまに見かけたが、息をするのが精一杯で、人を刺す元気のある蚊はいなかった。それが、2年もすると元気な蚊が増えて、夏の夜の花火見物には蚊取り線香や虫除けスプレーが必需品になった。

あれから30年。地球温暖化は着実に進んで、いまではゴキブリの姿さえ目撃する。

ヤギ子の青春（2018）

犬のほかに、ヤギを飼うようになってから9年が経つ。

名前は、ヤギ子。もっと洒落た名前をつけようと考えているうちに、誰かがヤギ子と呼んだら返事をするようになったので、そのままにしている。

青い草のない冬のあいだは、村の仲間たちが持ってきてくれる大根の葉や、大豆の殻、乾しておいた桑や栗の木の葉などを食べているが、春が来て畑の土手に食べものが生えてくれば、いよいよ草刈り隊員としての出番である。

ヤギ子は当初予想していたより好き嫌いが激しく、青い草ならなんでも食べるわけではない。本当は雑草より木の葉や花のほうが好きなようで、ブドウの樹の若い葉は大好きだし、バラの花も棘の生えた枝ごとむしゃむしゃ食ってしまう。

だから、毎日、草を刈ってほしい場所まで連れて行って、2メートルほどのワイヤーに繋いで一方を固定し、その半径の中で草を食べてもらうことにしている。あまり好きな草でなくても、腹が減れば食べるから、なんとか草刈りの役目は果たしている。

ヤギ子はワイナリーを訪ねて来るお客さんたちにも人気だが、たいていの人が、お乳でチーズをつくらないのですか、と私に聞く。食いしん坊の私のことだから、ヤギを飼うのはチーズをつくるために違いないと思うのだろう。

本当はそうしたいのですが、1頭しか飼っていないので、お乳は出ないんですよ。

私がそう答えると、えっ、そうなんですか？　と、不思議そうに聞く人が多い。だって、牛は毎日ミルクを出すじゃないですか。

都会に住んでいる人は、牛が毎日ミルクを出すのは当然のことのように考えているので、妊娠しなければ乳は出ない、というあたりまえのことに、案外気がつかない。

乳牛のメスは、人間の役に立つよう、絶えず妊娠させられているのだ。生まれても役に立たず殺されて肉となるオスも哀れだが、ひたすら妊娠を強要されるメスも哀しい。

牛たちの運命も過酷なものだと、私は乳牛を見るたびに思うのだが、かといって、出会いも見合いもなしに1頭だけで飼われ、婚期を逸してしまうヤギはどうなのか。

ヤギ子にお見合いをさせて、子供をつくることも考えたが、頭数が増えれば世話が大変だし、妊娠したら毎日かならず乳搾りをしなければならないことを考えると、老夫婦の手には負えそうもない……と、逡巡しているうちに月日が経ってしまったのである。

私たちは、ヤギ子の青春を奪ったのか……。

飛行機に乗る（2019・2・18）

1968年、私は羽田空港から南回りの飛行機で、香港、バンコック、ニューデリー、ベイルート……と寄港しながら、30時間以上かけてパリのオルリー空港にたどり着いた。まだ、成田空港もシャルル・ド・ゴール空港もなかった、50年以上も前の話である。たしか、30時間あまりのフライトの間に8回の食事が出たが、私はすべて完食して、さらにメインディッシュを2回お代わりしたのを覚えている。22歳の若い食欲は旺盛で、機内食は無上のご馳走だった。

いまこの原稿を、私は羽田空港の国際線ラウンジで書いている。

50年間に、何回飛行機に乗っただろうか。パリだけでも50回は行っているから、全部合わせれば100回を超えているだろう。

若い頃は、飛行機に乗るのが苦痛だった。長い時間が退屈で退屈で、どうやって過ごせばよいか分からなかった。

着いてからの時差にも悩まされた。パリに着いた晩、レストランで食事をしながら眠ったこともあるくらいだ。

50年経って老人になると、あの頃が懐かしい。

老人は、ボーっとしてなにもせずに時間を過ごすのが得意である。思い出そうとすれば思い出すことはいっぱいあるし、思い出せなければ思い出そうとするだけで時間はいくらでも過ぎていくから、東京・パリ間の12時間くらい、あっという間に経ってしまう。

時差も老人は気にならない。家にいるときも、夜中は4時間くらい眠ると自然に目が覚めるが、そのかわり昼寝をするし、昼に眠れなければ夕方に眠り、夕方眠らなければ夕食の後に、テレビの2時間ドラマを見ながら眠って午前零時に目を覚ます……つまり、1日合計6時間くらいは眠るけれども全部こま切れなので、いつ寝ているのか起きているのか分からない状態に日頃から慣れている。だから、時差はあっても関係ないのである。

学生気分（2019・2・25）

1968年といえば、パリ大学で5月革命と呼ばれる激しい学園闘争があった年で、それが世界に波及して日本では翌年1月の東大安田講堂の事件へと繋がっていく。

私がこの年の9月から留学することは前の年に決まっていたのだが、準備をしているうちにパリ大学が大騒ぎになり、出発した後に東大の学生運動が激しさを増していった。

私がパリに着いたときは、いちおう騒動は鎮静化していたが、大学改革に関する議論がまだ続いていて、10月にはじまるはずの新学期の講座が12月になっても開かれなかった。

私はそれをよい口実にして勉学をサボり、そのまま放浪の旅に出てしまった。

安田講堂に機動隊が放水している映像は、ヒッチハイクの途中で泊まった安宿のテレビで見た。同期の友人たちがゲバ棒を振るっている頃、私は、その日はどこまで行けるのか、明日はどうなるかも分からない、行き当たりばったりの貧乏旅行に夢中になってヨーロッパと北アフリカを彷徨（さまよ）いながら、いっそ人生そのものも運にまかせてみようかと、思いはじめていたのだった。

私はパリに「2年間留学した」と自分のプロフィールに書いているが、これは詐称に近く、実際は「1年半遊学した」と言うのが正しい。

奨学金が切れた後は、お金がなくなるとパリに戻って通訳の仕事で稼ぎ、少し溜まったらまた旅に出ることを繰り返し、最後は南回りの飛行機の寄港地にひとつひとつ立ち寄って、１９７０年4月29日に帰国した。

そして復学はしたが大学には行かず、テレビ局に就職するチャンスがあったけれどもみずから蹴って、折からの大阪万博で無資格のまま通訳ガイドのアルバイトにありついたのをきっかけに、今日まで続くフリーター人生を歩みはじめた。

いま、私は羽田空港で書きはじめたこの原稿の続きを、パリ6区の学生街にある古いホテルで書いている。このホテルは、当時は部屋に風呂がない一つ星の安ホテルで、パリに戻ってくるたびに利用していた。その後は少しずつ設備を整えて、いまでは各部屋にバスルームがついた四つ星ホテルに（少なくとも値段だけは）グレードアップしているが、泊まっている私はいまだに学生気分のままである。

ソルボンヌ（2019・3・4）

パリでは、いま「ジャポニスム2018」という催しがおこなわれている。昨年の夏から半年以上にわたって、美術や映画や演劇などさまざまなジャンルで多彩な日本文化を発信する日仏交流イベントで、大きな反響を呼びながらそろそろ終わりに近づいているのだが、その中に料理をテーマにする部会があり、日本の一流料理人によるデモンストレーションなどもおこなわれた。

私は、その一環として催された、日仏の比較食文化をテーマにしたフォーラムに、講師として参加するためにパリにやってきた。とくに、今回の会場はパリ大学のソルボンヌ校舎だというので、50年ぶりに訪れる「かつて留学しかかった」大学の校舎に入るのがとても楽しみだった。

今回のフォーラムには、日本食の「うまみ」を研究している大学の先生や、京都の有名料亭の主人などの日本からの参加者に加えて、ブルゴーニュで日本酒をつくっているフランス人も話をするというので、私は日本におけるワインづくりをテーマに短い話をした。

聴衆の大半はフランス人で、おそらく一般のフランス人は日本でワインがつくられていることも知らないし、できるとさえ思っていない人が大半だと思うが、フォーラムを聴きにくる人たちは料理や食文化に知的な好奇心を抱いている人だろうから、私の話にも多少は興味を持ってもらえたかもしれない。

会場になったソルボンヌ校舎の講堂というのは円形劇場のような階段教室で、高い天井と教壇の背後にある壁画が印象的な、パリ大学が設立された中世の頃を偲(しの)ばせる重厚な雰囲気だった。

50年前、大学を辞めて放浪に出かける直前に1回か2回、同じような階段教室で講義を聴いたような記憶はあるのだが……まさか、その教壇に自分が登ることになろうとは、まったく想像もしていないことだった。

フォーラムは2日にわたっておこなわれたが、2日目は突然公務員のストライキがあって大学が封鎖され、校舎の中に入れなくなったため、急きょ会場は近くの建物に変更されたという。

英国人の世界地図（2019・3・11）

ユーロスター（英仏海峡横断列車）ができるまで、パリからロンドンへの旅は難儀だった。パリからはフランスの鉄道に乗って、ダンケルクまたはカレーまで。港に着く頃には日が暮れて、海峡横断のフェリーは夜行船だ。船の後はドーバーからまた鉄道の旅になるのだが、嫌だったのは下船のときの入国審査である。

英国の入国審査は厳しいので有名だった。私のような若い貧乏旅行者は、労働許可の有無や所持金についてしつこく訊かれ、荷物は隅々までチェックされた。

その入国審査よりもっと嫌だったのは、行列に加わるために長い桟橋を歩かなければならないことだった。暗い海に沿った、歩くときしむ木の桟橋。湿った夜の空気の中で重い足を運ぶのは、収容所にでも向かう気分だった。

私が頻繁に英仏海峡を横断していたのは、英国がＥＣ（ヨーロッパ共同体）に加盟申請をして、関係国の承認を待っている期間だった。

新聞には連日、「われわれはヨーロッパの一員なのか」と疑問を呈して議論を求める記事が載っており、それを見て私は、英国人はもともとヨーロッパ大陸とは一線を画した、別の存在だと思っていることを知ったのだった。

フランスの留学を終える最後の数ヵ月間、私は英国に滞在して、ケンブリッジの語学校で英語を勉強した。

語学校でいちばん印象的だった思い出は、授業や友人や下宿のことではなく、入学したとき学生証を受け取りに入った事務室で見た、壁に貼ってあった大きな世界地図である。

私たちは、日本列島が真ん中に描いてある世界地図に慣れている。だからどこの国でも自分の国を世界地図の中心に置くのだろうと思っていたのだが、事務室で見た世界地図には、英国（ブリテン諸島）がふたつ、地図の左右の端に描かれていた。

つまり、ユーラシア大陸もアメリカ大陸も七つの海も、世界はすべて英国の腕の中にある、という地図である。

そんな地図を、英国人は子供の頃から見ているのか……。

C型肝炎ウイルス（2019・3・25）

私は数え42歳の厄年に大量の吐血をして、救急車で病院に運ばれて輸血をした。当時は、輸血をすると10人に1人は肝炎（輸血後肝炎）にかかると言われていた。まだ、C型肝炎ウイルスが同定される前の、輸血後肝炎が「非A非B型肝炎」と呼ばれていた時代のことである。

私は緊急入院してからも下血を繰り返し、そのたびに何度も輸血をした。10人に1人が輸血後肝炎にかかるということは、10パックの輸血用血液のうちの1パックには（後にC型と名づけられる）ウイルスが入っているということだから、合計何十パックも輸血すれば確実に肝炎にかかるだろう……という予想通り、潜伏期間が終わると私は肝炎を発症して、いったん退院した病院に呼び戻された。

私の肝炎は慢性になって、その後30年間も続くことになるのだが、私が吐血・下血・輸血の「三血」（というのは私の造語）を経験した2年後に同じ経過をたどられたのが昭和天皇だった。

昭和天皇には1988年の末から繰り返し輸血がおこなわれているが、そのときに、陛下が輸血後肝炎に感染してはいけないと、最終実験段階にあったC型肝炎ウイルスのスクリーニングが試みられたという。

結局、治験の成果が判明しないまま陛下は逝去されてしまったが、その年のうちにC型肝炎ウイルスは正式に同定された。

私の慢性肝炎は、4年前に完治した。画期的な新薬が開発され、C型肝炎は飲み薬だけで治る時代になったのだ。30年間も体内で暴れていたウイルスが、投薬開始後わずか2ヵ月でゼロになったのには本当に驚いた。

その後さらに効果的な新薬が続々と開発され、4年前でも90パーセントといわれた治癒率が、現在はもっと上がっているらしいから（薬価の問題等は残るが）、技術的にはC型肝炎は根絶できる時代に入ったと言ってよさそうだ。

C型肝炎という名前ができてから、根絶の目途がつくまで30年。これもまた「平成の産物」というべきか。

春の訪れ（2019・4・1）

鳥の声で目覚める季節が来た。

実際には、鳥の声で目覚めたのか、目覚めたら鳥の声が聞こえたのかは判然としないが、ひと足早い森の中のキツツキの音に続いて、窓の外の庭木に集まる小鳥たちのさえずりが賑やかに聞こえるようになったのは、それだけ春の到来が本物になった証しだろう。

昨日はフキノトウを食べた。

朝の散歩のとき、土手にまだ若い芽がいくつかあるのを見つけたので摘んでおいた。フキノトウの食べごろはそろそろ終わりで、この芽も放っておけばあっという間に生長して一人前のフキになる。

まだ森の樹木は芽が固く、新緑が出るには至っていないが、春は足もとからやってくる。集落に近い畑の脇にはフクジュソウの群落があるし、庭ではクリスマスローズが次々に咲きはじめ、黒い土から顔を出すスイセンの芽もあちこちで目立つようになった。

今年もまた春を迎えたか……。

ハルの語源は、芽が張る、腫れる、膨らむという意味だそうだが、冬のあいだ死んだふりをしていた森の樹木が、その枝にひそかに用意していた無数の芽をいっせいに膨らませて息を吹き返す。その圧倒的な生命の讃歌を眼前にすると、それが毎年繰り返される自然の営みであることは分かっていても、思わずたじろぎ、気圧(けお)されてしまう年齢になった。私はあと何回、この季節を迎えるのだろうか……。

朝採ったフキノトウは、夕食のときに料理した。

フリットにして前菜に、とも思ったが揚げものは面倒なので、焼いた鶏肉にかけるトマトソースに刻み込むことにした。

ソースのトマトは夏のあいだに仕込んだもの。丸ごとオーブンでじっくり焼いて冷凍しておくと、3年でも4年でも平気で使えるので重宝している。

今年の夏も、またトマトがたくさん採れるだろうか。それを焼きトマトにして冷凍したら、何年先まで使えるだろう。

ひとつひとつ、巡り来る季節を、片手の指で数えている。

運転免許（2019・4・8）

私は運転免許を持っていない。

私と同じ世代が大学を出て社会人になったのは50年ほど前のことだが、その頃は在学中に免許を取る学生は（少なくとも私の周囲では）あまりいなかった。

友人たちの多くは就職が決まってから急いで教習所に通って免許を取ったようだが、私はその時期ヨーロッパをヒッチハイクで放浪していたので、助手席で地図を読むナビ役はうまくなったが、運転は習わないまま帰国した。

結局、就職もしなかったから運転の必要もなく、とくにクルマに興味があるわけでもないので買おうとも思わず、以来、運転免許ナシで今日まで過ごしている。

さすがに、思いがけなく田舎暮らしをするようになってからはクルマの必要性を感じているが、さいわい妻と妹の協力によって移動手段は確保できている。

昔の田舎には、クルマはほとんどなかった。だからおもな消費生活は村の中で賄われ、地域の経済はある程度その中で完結していた。が、村の誰もがクルマを持つようになると、農産物などを外に売りに行けるようになった反面、日常の必需品も安く買える町の店で買うようになり、村にあった商店は潰れていく。

私の住む信州の小さな村でも、かつてあった酒や魚や豆腐を売る店は、次々に姿を消していった。

私は村の仲間と語らって、10年以上も空き家になっていた昔の酒屋を復活させるプロジェクトに取り組み、クラウドファンディングで資金を調達してなんとか開店に漕ぎ着けたところまではよかったが、その後の経営は難しく苦戦が続いている。小規模な店では、大きなスーパーとは仕入れ価格からして勝負にならず、いくら愛郷心に訴えても村びとは安いスーパーにクルマで買いに行くほうを選ぶからだ。

このままクルマ社会が続く中で、高齢化が進むとどうなるだろう。

妻も妹も免許を返上する年齢になれば、わが家は「買物弱者」ばかりである。

競走馬（2019・4・15）

私が「運転免許を持っていない」と言ったら、「進んでますね」と返事した若者がいた。最近の若い世代には、免許を持とうとしない者が多いのだそうだ。

自動車メーカーが各社とも「クルマに乗ろう」「ドライブを楽しもう」と盛んに呼びかけているのはそのせいだろう。

自動車が先進国で本格的に普及しはじめてから約1世紀。石油を使って走る鋼鉄製の移動手段は、そろそろその使命を終えようとしているのだろうか。

100年前のアメリカでは、1500万頭の馬が走っていた。それがいまでは1500万台の自動車に変わった。馬で残っているのは競走馬だけ……。

なるほどそう言われればその通りだが、だから自動車でも最後に残るのはスポーツカーだ、と、テレビのコマーシャルで日本を代表する自動車メーカーのトップから言われると、なんと大胆な発言だろうとびっくりする。

石油（ガソリン）で走る鋼鉄製の重いクルマから、電気や水素（燃料電池）で走るファイバー製の軽い移動手段へ。

公道では完全自動運転の軽車輛しか走行が許可されなくなり、ライドシェアが基本となるためクルマを私有する概念が消えて、新しい移動手段は限りなく公共交通システムに吸収される……。

そんな時代が来た日には、旧来の自動車は、いまの競走馬と同じように、限られた競馬場ならぬ専用のサーキット場でしか走れないスポーツカーだけが生き残る……ということか。

聞きようによっては自動車メーカーの率直な敗北宣言とも受け取れるが、逆にそんな光景をも視野に入れて100年先のことまで考えているのだとすれば、さすがにグローバル企業の経営者は凄いものだと感心する。

悪夢（2019・4・22）

最近、悪夢を見ることがなくなった。

20代から30代の頃はしばしば金縛りを経験したし、40代から50代は、怖い夢を見て大声で叫んで飛び起きることがよくあった。

悪夢の内容は、超常現象だったり、悪魔祓(ばら)いだったり、映画かテレビで見た光景の焼き直しが多いのだが、傍らで寝ている妻によると、怖さが頂点に達して大声を発する前に、小さな唸り声を断続的に出す時間帯があるという。

きっと、それが怖いシーンを見ている最中なのだから、小さな唸り声が聞こえはじめたらすぐに起こしてくれればよいものを、妻は私が大声を上げて目を覚ますまで起こそうとしない。だって、途中で起こしたら、どんな夢を見ていたか、分からなくなるでしょう。終わりまで見て結末を覚えているうちに話を聞きたいから。

というのが妻の言い分なのだが、たしかに悪夢の内容を原稿のネタにしたこともあるから、あまり文句は言えない。

悪夢とまではいかないが、自動車を運転している夢もよく見た。

運転しながら、あ、俺は免許を持っていないんだ、と突然気づく夢である。焦って、ハンドルを握る手が緊張し、冷や汗をかいて目が覚める。

無免許運転の夢は何回も見たが、ある年齢から見なくなった。物書きとしていちおう仕事はもらえるようになったが、まだ自分には本当に社会に出る実力がないのではないか、と自問していた頃に見た夢である。

忙しく仕事をしていた頃は、そもそも自分の好きなことをやっているのだし、とくにストレスを感じることはない……と思っていた。

が、よく悪夢を見てうなされていたということは、仕事もプライベートもひっくるめて、現役の時代にはそれなりのストレスにさらされていたということか。

歳をとって仕事の注文が少なくなれば、仕事のストレスは減るだろう。家庭生活も、老年に至ればしだいに波風はおさまって平穏になる。

そのせいか、最近たまに見るのは馬鹿馬鹿しい夢ばかりで、本格的な悪夢を見なくなったのは、ちょっと淋しい。

シューズラーメン（2019・5・6）

私が66歳のときに出した『隠居志願』という本を読むと、夜は10時には寝てしまうので夜中に目が覚め、そのまま何時間か眠れずにいることがある、と書いてある。が、あれから7年経った現在は、就寝時間が遅くなったせいか、5時間は夢を見ることもなく熟睡して、朝は5時か5時半に目が覚める。

ただ、一日の睡眠時間は5時間では少し足りないらしく、このほかに約1時間の昼寝（または夕食後テレビを見ながらのうたた寝）をするのが毎日の習慣だが、ときにはうまく昼寝の時間を取れないこともあり、そういう日の翌朝は、いったん目覚めた後、ほんの10分か20分、浅い眠りに襲われる。夢を見るのは、このときである。

きのうの朝は、面白い夢を見た。

海岸を歩いている。海水浴場になっているらしく、道路沿いに海の家のような店が並んでいる。

その中の一軒に「小太郎」という店があり、大きな看板に「シューズラーメン」と書いてある。看板には、実物の写真が掲げられていた。近づいてよく見ると、それは衝撃のラーメンだった。

写真の靴は、バスケットシューズのようなハイカットのスニーカーで、なんとその靴ひもが、色とりどりの麺なのだ。数種類の色を組み合わせた何色かの（私の夢はいつもカラーである）平たい太打ちの麺が、きれいに編まれて靴ひもの代わりになっている。

私はしばらくのあいだ美しいその靴ひもをうっとりとして眺めていて、思わず歎息をつくと同時に目が覚めた。

靴ひもがあまりに印象的だったので、ほかの部分については記憶が定かでない。靴ひも以外の部分も麺で編まれていたはずなのだが、靴の底はどうだったか……そこまでは覚えていない。

改元騒ぎ（2019・5・13）

バカな夢の話をしているうちに、元号が新しく変わっていた。いや、元号が変わったことも知らずにバカな夢の話をしていた、というべきか。

「あたしは、令和って名前はどうも好きになれませんね」

タクシーに乗ったら、運転手さんが話しかけてきた。

「命令だから仲良くしろ、みたいで」

「令は、麗しいという意味だそうだ。外務省はビューティフル・ハーモニーと訳してほしいらしい」

「なんか、無理がありますね。だいたい元号って、天皇陛下の名前でしょ？」

「……まあ、そういえば、そうだけど」

「自分の名前を、自分で選べないって、おかしくありませんか」

「象徴天皇になってからは、元号を決めるのは政治的行為とされているからね」

「だから、政治家が決めて、政治家が発表するわけですね。でも、それこそ天皇の政治的利用ってやつじゃないですか」

「……」

私はできるだけこの手の「タクシー政談」には付き合わないようにしているので、そのまま返事をせず黙ってしまった。

たしかに、今回の改元をめぐる出来事では、天皇と政治の問題について考えさせられた。本来なら、国家元首ではない立場で天皇御一家が静かにかつ自由にお暮らしになれるのがいちばんよいのだと思うが、歴史的経緯を考えればそう簡単に行く話ではない。

それにしても、今回の改元フィーバーは凄かった。若者も含めて現代の日本人がこんなに元号に夢中になれるとは思っていなかったし、商魂たくましい「天皇の経済的利用」にも感心した。

でも、これが日本という国なのだ。

目の前のお祭り騒ぎに夢中になり、喉もと過ぎれば熱さを忘れ、百年の計は考えない。が、今ここにある事に関しては、惜しまずエネルギーを注ぐ……今回は、いかにも日本人の特徴があらわれた改元騒ぎではなかったか。

目的地に着いたので、私は運転手さんに、

「まあ、令和がいい時代になることを祈ろうよ」

と言ってタクシーを降りたが、実を言うと私はもともと元号を使用する習慣がなく、やむを得ず求められる場合以外はすべて西暦で通しているので、令和になったからといってなんの感慨もない。

里山の初夏（2019・5・20）

信州の里山の天辺（てっぺん）にワイナリーをつくり、レストランの営業をはじめてから16年。冬は2ヵ月間休業する田園のリゾートなので、ゴールデンウィークとお盆のそれぞれ数日間が、一年でいちばん忙しい時期である。

今年の10連休は、人の流れが読めないので人員のやりくりに苦労したが、客席の数を減らしたので、いつもより少ないスタッフで店を回すことができた。

人手不足と働き方改革で、どこの飲食店も縮小経営を迫られている。

日本でもシェフがひとりで切り盛りするワンオペの店が増えたし、週35時間労働の先進国フランスでは、超有名な高級レストランでさえ週5日の営業が維持できず、昼の営業を3日間に減らした例がある。

これが時代の趨勢だとしたら、毎年少しずつ席数とスタッフを減らしながら、人口減少のペースに合わせて営業の規模を縮小するのが、賢い経営になるだろう。

が、私にはそこまで見届ける時間はない。あとのことは若い世代にまかせて、私は残された日々を悔いなく使いたいと思い、10連休の間はほとんど店に顔を出さず、アトリエに籠って絵を描いていた。

描いた絵は個展を開いて販売するので、これも仕事といえば仕事なのだが、注文も納期もないから気が楽だ。

改元騒ぎと10連休の間に、里山はすっかり初夏になった。

春は低温が続き、雨もほとんど降らなかったので植物の生育は遅れていたが、連休の終わり頃から暖かくなって、ブドウの芽吹きもいっせいにはじまった。

村の住民たちも、果樹の消毒や田植えの準備などに、連日忙しく働いていた。

漁師は市場が休みだと漁に出ないという。

魚たちは市場が休みの日もふつうに海を泳いでいるので、漁師が休んでも寿命が数日延びるだけの話だが、植物は人間の都合と関係なく生育して農家はその対応に追われるから、休むわけにいかないのだ。

　それに、地元の農家はみんな退職した老人ばかりだから、そもそも連休などまったく関係がないのである。

オリンピック（２０１９・５・27）

　オリンピックがテレビで見られるようになったのは、１９５６年のメルボルン大会からである。日本で一般の家庭にテレビが普及したのがちょうどその頃だった。

　私が小学４年生のときで、水泳の古川（勝）や山中（毅）、体操の小野（喬）やレスリングの笹原（正三）が活躍したことを覚えている。

　私がこれまでのオリンピック観戦でいちばん驚いたのは、１９６８年のメキシコ大会で初めて背面跳びを見たときだ。

　なにげなくテレビをつけたら走り高跳びを中継していて、そのとき助走をしていた選手が突然後ろ向きに踏み切るではないか。

　他の選手は腹を下に向けて回転するベリーロールか、足を高く振り上げてバーをまたぐハサミ跳びなのに、背中を下にして跳ぶ常識破りのフォームに度肝を抜かれた。

実は、これが背面跳びが世界に知られた最初の日で、発案者のフォスベリーが金メダルを獲得した。いまではあたりまえになった背面跳びだが、このときの衝撃は本当に忘れられない。

1964年の東京オリンピックの思い出は、ほとんどない。受験勉強の真最中だったから、あまりテレビを見なかったのかもしれない。

思い出すのは、その前年の秋の出来事だ。

オリンピックを盛り上げるためのイベントで、高校生によるマスゲームが催されることになり、クラス全員で国立競技場に向かった。

その、往きの電車の中でのことだ。誰かが、「ケネディー大統領が暗殺されたらしい」と、小さな声で叫んだ。

携帯もスマホもなかった時代だから、誰かがたまたまラジオでも聞いていたのだろうか。ニュースは瞬く間に車内にいた乗客の全員に伝わり、ざわめきと動揺が広がった。

ケネディー大統領は希望の星だった。

世界をよい方向に導いてくれそうな、尊敬すべき政治家として、みんな期待を抱いていた。

その人物が、一瞬の凶弾に倒れるとは。

世界の全体がたったひとりの大統領でガラッと変わってしまう怖さを考えたのは、あのときが最初だったかもしれない。

加藤周一さん（2019・6・3）

改元騒ぎがようやくおさまったと思ったら、こんどはオリンピック狂想曲だ。

国際情勢はいま難しい局面を迎えているというのに、日本だけが内向きの話題で浮かれていては、世界から取り残されてしまうだろう。

加藤周一さんが生きていたら、そう発言したに違いない。

2008年に89歳で亡くなった加藤さんは、日本論壇におけるリベラル派の巨人で、文学、社会、文化、政治など、幅広い分野で鋭い評論を発表し続けた。

死の直前まで、約30年間にわたって新聞に連載していた時評を、私は漏らさず愛読して、つねに考えかたの指針を仰いできた。

「日本人は、時間的には過去や未来と現在を区別する意識が曖昧で、空間的には外部との関係の中にみずからを位置づける感覚に乏しく、関心はつねに集団や共同体の内部に向けられる」……日本の思想史をたどる著書『日本文化における時間と空間』の中で加藤さんは、日本人の意識は「今＝ここ」に集中している、と指摘する。

私は昨今の出来事にこの著作を思い出しているのだが、いまの若い人の多くは、もう加藤周一の名前も知らないだろう。

私が「加藤周一」ではなく「加藤さん」と書くのは、一度だけ本人に会ったことがあるからだ。

軽井沢に住んでいた頃、知り合いの喫茶店に行ったら、そこに加藤さんがいたのである。もう閉店の時間で、ほかに客はなく、加藤さんはひどく酔っぱらっていた。

「玉さん、いいところに来た。加藤先生を紹介するよ」

店主がそう言って私を前に立たせると加藤さんは、

「おう、そうか、玉村君か。シンパティコ、シンパティコ」

と言って握手を求めてきた。

シンパティコはイタリア語で、気が合う、話が分かる、仲間になれる、といった意味である。見ず知らずの私を前にして、酔っぱらった先生は何度も何度も「シンパティコ」を繰り返しながら、机に臥（ふ）してそのまま眠ってしまった。

せっかく謦咳（けいがい）に接する機会だったのに、あの大教養人から聞けた言葉がわずかその一語だけだったとは、いま思うと残念な出会いである。

カエルの合唱（2019・6・10）

田に水が入った。その晩から、カエルがいっせいに鳴き出した。

農村に住んで30年近くになるので、この時期に突然カエルの合唱がはじまることには慣れている。が、水が入るまでは田の畔（あぜ）を歩いてもまったく姿を見ることのなかったカエルが、一夜にして大量に発生するのが不思議だった。

私は、この時期になるとオタマジャクシがいっせいに孵（かえ）ってカエルになるのだろうと、勝手に想像していたのである。

が、考えてみれば水のない田に卵を産むことはできないわけで、それではタイミングが合わない。

長年放置していた疑問があらためて気になって、ある晩、寝る前に、たまたま枕もとにスマホがあったので検索してみた。

すると、カエルは寒くなると冬眠して、アマガエルでも約5年、ヒキガエルだと15年以上も生きる、と書いてあった。

そういえば子供の頃、庭に棲（す）みついているガマガエルがいて、あれは家の守り神だからいじめてはいけない、と言われたことを思い出した。

カエルたちは、里に近い森などの、落ち葉や石の陰に身を潜めて冬眠するらしい。そして春になると活動を開始し、産卵の時期が来ると水辺に移動するのだそうだ。

あの合唱は、恋の相手を探すためだ。ふだんは陸に棲んでいても、水の匂いか仲間の知らせで里の田に水が入ったことを知ると、カエルたちは森を出て村のほうへ歩いていく。

私の家は里山の上にあるので、集落まで下りて行かないとカエルの合唱は聞こえない。だから合唱に安眠を妨げられることはないのだが、カエルの生態をあらためて教えられると、こんどは別の想像が膨らんで寝つけなくなってしまった。

寝ようと思って目を瞑ると、あちこちの森から無数のカエルたちが集まってきて、暗い道を村に向かって、ざわざわとなにかを語り合いながら行進している映像が、リアルに浮かんでくるようになったのだ。

寝る前にベッドの中でスマホをいじるのはよくないというが、たしかにその通りだ。

シバ犬（2019・6・17）

飼い犬のピノに手を噛まれて、傷が深かったので近所の外科に駆け付けたら、傷を見る前に先生がこう言った。

「飼っているのはシバ犬ですね」

先生によれば、犬に噛まれたと言って来る患者のほとんどは、シバ犬に噛まれたケースだという。

シバ犬は、あらゆる犬種のうちでオオカミにもっとも近いと言われるほど野生的らしいが、私たちは最初に飼った「川上シバ」がとても穏やかな性格だったこともあって、シバ犬の気性がそんなに激しいとは知らなかった。

ピノは、知らない人だと近づいただけですぐに噛もうとするが、私に対しては従順で、家の中で飼っているので絶えず撫でたり遊んだりして可愛いがっている。

が、散歩の行き帰りに首輪をつけるときと外すときに限って、首の後ろあたりをいじっていると、突然振り向いて手に噛みつこうとすることがときどきある。唸り声を上げるでもない、一瞬の反射というか衝動というか、おそらく本人にも制御できない本能的な行為のようだ。

だから首輪の着脱のときはいつも不安になるのだが、最近、強力な味方を手に入れた。

バイクや自転車に乗る人が使う、甲の部分に硬い樹脂のパッドが入った防護用の手袋があることを知り、首輪をいじるときはかならずそれをはめるようにしたのである。

これさえはめていれば、噛まれたとしても怪我をすることはない。

不思議なことに、そう思って安心するようになってから、ピノは噛もうとする素振りさえ見せなくなった。

これまでは、いつ噛まれるかという私の不安とピノへの不信が、彼女の神経を逆撫(さかな)でしていたのではないだろうか。

犬であれ人であれ、私は悪意をもつ者に出会うのが嫌いである。が、相手から感じる私への悪意も、もとをただせば自分の心の中にある悪意の投影なのかもしれない……。

ピノのおかげで、私は少しだけ寛容な人間になれた気がしている。

首輪の色（2019・6・24）

犬の散歩は朝と午後の2回で、朝は私のほうが犬よりも早く目を覚ますので少し待ってから出かけるが、それでもこの時間帯は、集落のほうへ下りて行っても人通りはほとんどない。

たまに同じ犬連れの村びとが歩いていることがあるが、あたりは畑ばかりで見通しがよいので、先に気づいたほうがルートを変えることになっている。この地区の飼い犬はなぜかシバ犬ばかりで、出会うと激しく吠え合うのが分かっているから、たがいに近づかないよう気をつけているのだ。

厄介なのは午後の散歩である。

自宅は山際に建っていて、そのすぐ下にワイナリーがあるので、散歩に行くときはどうしてもワイナリーの前を通ることになる。が、午後の散歩の時間は、ワイナリーのカフェがまだ営業中なのだ。店に出入りするお客さんと、噛み癖のあるシバ犬が出会うことだけは、絶対に避けなければならない。

だから私は、店の入口に差しかかる前に駐車場へ行く階段を上って迂回することにしているのだが、運が悪いと、その駐車場でばったりとお客さんに出くわすのだ。

「あら、かわいい！」

そう声をかけるだけでなく、近づいて来ようとする人もいるので、私は必死にリードを手繰り寄せ、

「この犬は噛むので近づくと危険です」

と訴える。見た目にかわいいシバ犬が危険だと思う人は少ないが、先日、こう返事をした女性がいた。

「分かります。私もシバ犬を飼っていますから」

その人とは、少し離れたまま会話をした。

「何歳ですか？　お名前は？」

ピノという名前で7歳だと答えながら、私が吠えかかろうとするピノを抑え込んでいると、
彼女は、

「元気のいい男の子ね」

と言って笑った。

「いえ、女の子ですよ」

「あら、そうなの。青い首輪をしているから男の子かと思った」

会話はそこで終わって別れたが、私は最後の言葉が気になった。青い首輪だから男の子。そんなふうに決めつけていいのだろうか……。

トイレのマーク（2019・7・1）

私の愛犬ピノは、メスだけれども青い首輪をつけている。

それまで使っていた赤と白のチェック柄の首輪が古くなったので、近所のホームセンターで

買ってきた。青いのを選んだのは、たまたまその色がきれいだったからだ。が、散歩をしているときに出会った人から、「青い首輪をしているから男の子かと思った」と言われて、なるほどそういう見方もあるのだと気がついた。

日本の公衆トイレのマーク（ピクトグラム）の色は、女子が赤で、男子は青か黒である。かたちも女子はスカートを、男子はズボンをはいている。私は、最近の風潮を考えると、この「決めつけ」もいずれ問題にされると思っていたが、一方で、女子は赤、男子は青という固定観念もまだまだ根強く残っていることを、犬の首輪で教えてもらったのだった。

赤と青で男女を区別する現在のトイレのマークは、１９６４年の東京オリンピックのときに考え出されたものだそうで、それが１９７０年の大阪万博でも使われてしだいに外国にも広まったと言われている。私は外国では赤と青のマークをあまり見た記憶がないが、色弱者のための色に頼らないマークや、固定観念から離れた中立的なデザインを模索する動きは各国にあるようだ。

あの日以来、ピノの首輪を見るたびに私はトイレのマークと構造について考えるようになった。服装の色やかたちで男女を区別できない時代には、どんなマークがよいのだろう。

男女の別に加えてＬＧＢＴ用の第三の部屋を用意するプランもあるが、それならいっそのこと男子用の小便器を全廃して、隔壁のない広いスペースに個室を並べていっさい男女の区別をつけないほうが、紛れがなくてよいのではないか。

ピノは散歩に出るとすぐ小便をする。電信柱があっても足を上げず、両足を踏ん張って腰を低くしてやるのは女の子だから……かどうかは分からないが、用を足す場所を自由に選べる犬が羨ましい。

気になる言葉（2018）

「このあいだ、子供を連れて俺の実家に帰ったらサ、うちの嫁が……」

小耳に挟んだこんな会話が、妙に神経を刺激する。

女性は結婚して妻になると、夫の家族の一員になる（夫の家に「嫁ぐ」）……という感覚が、日本では伝統的だ。だから、女性は自分が生まれた家のことを「実家」と呼ぶ。

しかし、男が（婿入りするのでない限り）結婚する前の自分の家族が住む家を「実家」と呼ぶことは、昔はなかったものである。

男も女も等しく結婚する前の家を「実家」と呼ぶようになったのは、男女平等の証しだろうか。

男が口にする「実家」という言葉が、家に嫁ぐのではない、対等な個人どうしが新しい家を築くのだ、という意思を示すのならそう言ってもよさそうだが、そんな男たちが、自分の妻のことを「嫁」と呼ぶのはなぜだろう。

不思議なことに、ともに家事を負担し協力して育児をおこなう若い夫婦でも、

「うちの嫁が……」

と無意識のうちに言う男が、最近増えたような気がする。昨今、個人を家から解放する動きより、家族制度に回帰させようという動きが強くなっているせいだろうか。

女性が結婚する、男が結婚する、男も女も……いまこの文を書いていても、男女の表現をどう使い分けたらよいのか悩ましい。

男が男性を殴って逃走した。女が女性から金品を詐取。

ニュースでは、いつも犯人は「男」か「女」で、被害者は「男性」か「女性」と決まっている。いったい、いつからこんな使い分けをするようになったのだろう。

私は男だから男を男と呼ぶことに抵抗はないが、「女」と書くと、どこか上から見ているような気がして落ち着かない。こんな感覚も、ニュースを聞いているうちに植えつけられたものかもしれない。

ニュースを見て私がアナウンサーの言葉に文句をつけていると、横にいる嫁……じゃない、

妻はかならずこう言うのだ。

「テレビに向かってブツブツ言うのは歳をとった証拠よ。私の父親もそうだったわ」

墓参り（2019・7・15）

墓参りには、年に3回くらいは出かけて行く。

両親の墓所は新宿にあるので、東京に行く用事がある日に予定を組み込むか、ときにはわざわざそのために上京することもある。

親不孝だった私が墓参りをするようになったのは、輸血で肝炎をもらって安静にするように言われたとき、ヒマ潰しに絵を描きはじめたのがきっかけだった。

高校までは美術部に在籍していたとはいえ、絵筆を握るのは25年ぶりなので、うまく描けるかどうか心配だった。

が、最初の1枚はもたついたものの、2枚目からはそれなりに正確なデッサンができるようになり、うまく描けると興味が湧いて、しだいに絵を描くことに夢中になった。そして、こんなふうに絵を描いていられるなら、病気のままでも構わない……と思いはじめた頃から、肝臓の数値は劇的に改善していったのである。

もし、あのとき絵がうまく描けなかったら、私はまた病気のことばかりうじうじ考えて、袋小路に入り込んでいたことだろう。そう思ったとき、私はあらためて父親に深い感謝の念を抱いたのだった。

日本画家だった父は、私が小学校に上がる前の年に亡くなったので、直接絵の手ほどきを受けたことはないが、持っていたＤＮＡの何本かを、私に遺してくれたに違いない。そのおかげで、病に苦しんでいた私は救われたのだ。

勝手なもので、それ以来、なにか願い事があると墓参りをするようになった。

寺の近くにある花屋で買った花を供え、寺務所で買い求めた線香を立てて、手桶にたっぷり張った水で墓をよく洗う。きれいになったら、水鉢の水に願い事の数だけ葉を浮かべて合掌する。

肝臓にガンができませんように。ブドウが霜や雹(ひょう)の被害に遭いませんように。家族やスタッフがみんな健康でありますように。

あ、それから、もっと絵がうまくなりますように……。

ご利益があるかないかはともかく、寺から歩いて5分のところに画材店があるので、墓参りの帰りにはかならず立ち寄ることにしている。

デジタル時代（2019・7・22）

パソコンで原稿を書くようになったのは、いまから20年前である。それまでは万年筆と原稿用紙で、どこへでも持ち運べるからパソコンより便利だと威張っていた。

が、デジタル化の波は予想を超える速さで私たちを飲み込み、あっというまに原稿も写真もデータで送るのがあたりまえの時代になってしまった。

4年前までは、予定はノートに書き込んで管理していた。

毎年、暮れになるとイタリア製の大きなスケジュールノートを買い、記入した予定が過去になればそのまま記録として残るように、1982年から34年間も記帳を続けてきた。

が、それも、いまやデジタルになった。予定も記録も、カレンダー・アプリを使って、すべてスマホで見ることにしたのである。

まさかこんな時代が来るとは思っていなかったが、慣れてしまえば便利なものだ。

パソコンで原稿を書くようになってから腱鞘炎がなくなったし、推敲や書き直しはいとも簡単にできてしまう。指先が震えてもキーボードは打てるし、漢字を忘れてもすぐ検索できるから、老人には打ってつけだ。デジタル機器は子供たちにはときに有害かもしれないが、高齢者にとってはよいことばかりである。

スマホのカレンダーは文字が小さいが、私は両目とも白内障の手術をして、パソコンやスマホを見るのにちょうどよい距離に眼内レンズの度数を設定してもらったので、メガネなしでどんな字も読めるのだ。

34冊のスケジュールノートは本棚に並んでいる。本棚のスペースはあと7冊しか入る余分がないので、私の寿命もそこで尽きるのではないかと不安だったが、デジタル化でその心配もなくなった。

スマホのカレンダーは無限である。

月単位の表示にすると1画面で7週間が閲覧でき、スクロールするとどんどん先へ進んでいく。いったい未来はどこまで見られるのかと思って動かしてみたら……いつまでやっても終わらないので２０７０年で止めておいた。

パスポート（２０１９・７・29）

パスポートの有効期限がそろそろ切れるので更新の手続きをした。

5年にしますか、10年にしますか、と窓口で聞かれたので、高齢者でも10年有効の旅券を申請してよいかどうか訊ねると、受付の女性は、

「運転免許じゃありませんから大丈夫ですよ」

と言って笑った。

いまから10年の旅券を申請すると、私は83歳になるまで海外を旅行することができる。もちろん旅先で倒れて人に迷惑をかけるようなことがあってはいけないが、そこは自分で判断しろということだろう。

私がはじめてパスポートを取ったのは、51年前のフランス留学のときだった。このときは、まだ一次旅券しかなかった。渡航は1回限り、ただし期間の限定はないという、紺色の表紙の旅券だった。

古いパスポートは何冊か保存してある。最初は大きかったのが小型になり、表書が「数次旅券」から「旅券」になり、そのうち中にICチップが入り……と、パスポート自体も変遷を重ねているが、それよりも若い頃は自分の顔の変化のほうが激しく、30代と50代ではまるで別人のようである。

3年前にガンを宣告されたときは、もう10年も生きることはないだろうと思った。30年間続いた慢性肝炎が投薬で完治した、そのちょうど1年後から連続して発生しはじめたガンは、小

さいうちにラジオ波で焼き切る施術（ＲＦＡ）を用いればダメージが少なく、手術後1週間もすれば日常に復帰できる。が、肝臓ガンの5年生存率は50パーセントにも満たないのだ。だから最初の3年間で5回も手術を繰り返した頃は、もう長くないだろうと覚悟した。

ところが、昨年あたりからガンの発生の頻度が減って、この調子ならもう少し生きられそうな気がしてきたのである。

83歳までパスポートを使えるほど元気でいる、というのは、ちょうどよい目標だ。頭髪の量も、もうこれ以上減ることはないだろうから、若い頃と違って写真写りがそう大きく変化する心配もなさそうだ。

クルーズ（２０１９・８・５）

羽田からサンフランシスコまで飛行機で行き、1泊して翌日クルーズ船に乗り込んだ。日本から１００日間で世界一周する豪華客船の乗客は、約１５００人。私はバンクーバーを経てアラスカまで、10日間だけ乗って洋上講師をつとめるが、乗客のほとんどは、すでに3ヵ月近く航海を続けている。

乗客の最高齢は96歳で、ほかにも90代は何人もいるそうだが、いちばん多いのは70歳代か。いまクルーズがブームだといわれるのは、団塊の世代がクルーズ適齢期に入ってきたからだろう。

もちろん利用できるのは時間とおカネの余裕がある人に限られるけれども、船に乗っているだけで世界中の観光地に運んでくれるクルーズは、お年寄りや身体の不自由な人にとって最高の旅行環境である。

船上では毎日さまざまな催しがあり、レストランも複数あって船の中の生活を飽きさせない工夫が凝らされている。

私が驚いたのは、お年寄りの夫婦の仲の良さである。ふたりでゲームやショーを楽しみ、自然に手を繋いで歩く姿が、いたるところで見受けられた。

寄港すれば観光ができるといっても、航海中は外に逃げ出せない船の中で、夫婦が四六時中顔を突き合わせてよく平気なものだ、と、つい考えたくなるが、最初から仲の良い夫婦だけが船に乗るのか、それとも初期の修羅場を乗り越えて3ヵ月経ったから、たがいに覚悟を決めて仲良くなったのか。

私は単身だったので、ヒマな時間は船内のようすをじっくり観察して過ごしたが、歳をとった夫婦が仲良くしている光景は素敵なものだとあらためて思った。

アラスカのウィッティアが最後の寄港地で、船はそれ以降1週間航海して日本に帰るが、私はウィッティアで下船してクルマでアンカレッジまで行き、そこから飛行機に乗ってシアトルで1泊、翌日ようやく成田に着いた。

かつてあれほど利用したアンカレッジ空港からは、日本への直行便は出ていない。空港のたたずまいも、日本人で溢れていた昔とはすっかり変わってしまった。昔あった大きな白熊の剥製や（いまはムースの剥製に変わっている）、ヘンな日本語の看板と売り子のおばさん、3ドル95セントもした立ち食いソバが、懐かしい。

世界の天気（2019・7・24）

寒い梅雨が長く続くと早く暑い夏が来てほしいと言い、暑い夏が来るとこんどは暑過ぎると文句を言う。お盆が過ぎれば秋風が立つのは毎年のことだが、まだしばらくはクーラーのお世話になりそうだ。

信州の高原でも、昼は30度を超えるようになった。だから夜も外の熱気が収まるまではクーラーをつけておき、寝る寸前にスイッチを切って窓を開ける。

真夏の朝の最低気温は20度から22度。20度なら涼しいと思い、22度になると蒸し暑く感じるのが私たちの体感だ。連日伝えられる日本列島各地の気温と較べれば天国かもしれないが、それでもここ数年、蒸し暑くて寝苦しい夜が確実に増えている。

このあいだ、午前2時に目が覚めたので、スマホで気温をたしかめた。東御市24度。標高の高いわが家は22度くらいか。旅行中に見ていたサンフランシスコの気温表示が残っていたので見ると、朝10時で16度。やっぱり涼しい。

興味にかられて、パリの気温を検索してみたら……午後7時で、なんと40度という数字が出ているではないか。まだ熱波のニュースが伝えられる前だったので、びっくり仰天して目が覚めてしまった。

あの日以来、北京、モスクワ、ナイロビ、ムンバイなど、世界各都市の気温を比較するのが楽しみになった。

そういえば、クルーズ船の上で、BBCの「世界天気予報」という番組を見た。気象予報士が、地球規模での風や雲の流れや気圧の動きなどを解説し、各地の気温や天気が表示される。日本にも、こういう番組がほしいものだ。いや、世界全体の予報でなくてもよい。いまテレビで毎日やっているようなふつうの天気予報でも、日本列島のほかに朝鮮半島や中国やロシアの一部が地図上に示されているのだから、そこにある都市の気温と天気を、ただ表示してくれればよいのである。札幌は快晴で24度、イルクーツクは雨で15度。ソウルは曇りで23度、ピョンヤンも曇りで27度。……そう聞いただけで、少しは隣国の暮らしを想像し、生活感を肌で感じることができるはずだ。

お出かけ日和(2018)

朝、起きると、枕元に置いてあるスマホで気温を見る。実際の気温は外に出て軒下の寒暖計を見れば分かるが、まずは寝ながらにして事前の情報を手に入れたい。

が、これがスマホのアプリによってまちまちで、気象庁の発表ともまた違う。天気予報の会社が増えた分だけ、判断が難しくなった。

テレビの予報を見ていても、気象予報士の予測を超える変化が多く、予報士自身が驚いたりしているくらいだから、そもそも予報など頼りにしてはいけないのだろう。

週末は荒れ模様なので、外出は控えましょう。ときどき予報でそんなことを言う。最近はとくに脅かすような言いかたが多い。

ところがその言葉だけで、観光地は客足が鈍る。海や山へ行くのなら注意するのは当然だが、ふつうの観光地でもそうである。レストランの場合は、それだけで予約がキャンセルになったりする。

雨と予報された週末が実際には晴れることも多いのだが、当日ではもう手遅れだ。まさしく天気予報による風評被害である。

天気予報で「お出かけ日和」と言ってくれると観光客は増えるが、晴れの日だけが「お出かけ日和」というわけではない。もし週末が雨になりそうなら、「雨の高原も素敵ですよ」とか、「雨のブドウ畑を眺めながらワインはいかがですか」くらいのことを、もし日本が観光立国をめざすなら、ぜひ言ってほしいものである。

雷雨（2019・8・26）

8月も第2週に入る頃から、明け方の気温は連日20度を下回る涼しさになった。が、太陽が出ると気温はじりじりと上がりはじめ、昼間は日陰でも30度を超えることが多い。そして午後になると青い空にいくつもの白い雲が姿をあらわし、やがて巨大な入道雲に発達して、遠くから雷の音が聞こえてくる。

遠雷が遠雷で終わる日もあるが、遠くにいたはずの雷が突然近づいてきて、鋭い閃光が煌(きら)めいたその瞬間、庭先に落ちたかと思うほどの大音響が響きわたることもある。
雷鳴と同時に、気がつくと不穏な黒雲がいつのまにか空を覆っていて、大粒の雨が音を立てて落ちはじめる……。

今年の夏は毎日のように雷をともなうスコールに見舞われる。小諸(こもろ)市、佐久(さく)市、上田市など、近隣の地域に雷雨注意報や大雨洪水警報が出されない日のほうが珍しいくらいだ。日本の気候は、いつから熱帯のようになってしまったのだろう。

雷が鳴ると、急いでパソコンなどの電源コードを抜く。落雷による異常電圧の発生で電子機器が故障することは何度も経験済みなので、すぐに対応できるよう日頃から準備している。

雷よりも怖いのは、豪雨がしばしば雹をともなうことである。

ガラス窓に当たる強い雨の音を聞いているうちに、しだいにパラパラという乾いた音が混じりはじめたら要注意だ。

いや、そうなったらもう注意しても遅い。雹が降ったら、降り終わるまでただ手をこまねいて呆然とするしか術(すべ)はないのだから。

ふつう、雹は初夏に降るもので、地表付近の温度が高い真夏は地面に落ちる前に溶けてしまうといわれている。が、最近のゲリラ豪雨ではようすが違い、ついこのあいだも千曲(ちくま)川の対岸にあるワイナリーのブドウ畑がほぼ全滅に近い雹害を蒙(こうむ)った。

雹は突然、狭い範囲に集中して降る。うちの畑は一昨年の5月にやられているが、今年はどうなるだろうか。まだまだ不安な日が続く。

ヴェレゾン（2019・9・2）

お盆休みの日本列島を直撃した台風10号は、長野県東部には強風を吹かせただけで去って行き、その後は安定した天気が続いている。

芽吹きから約4ヵ月が経過して、ブドウの果実は8月の後半からヴェレゾンの季節を迎える。ヴェレゾンというのは「ブドウの実が色づくこと」を示すフランス語で、それだけのために特別の単語が用意されているのはさすがにワインの国である。

それまでは葉や枝の生長にまわっていた栄養が、ある時期から果実を充実させるために使われるようになり、硬くて緑色だった果実は果汁を溜めて膨らみはじめ、白ワイン用のブドウは緑色から琥珀色ないし金色に、赤ワイン用のブドウは、緑色から黄や赤を経て濃い紫色に、しだいに色を変えていく。

ブドウにとってもっとも大切なのは、ヴェレゾンが終わる頃から収穫に至るまでの天気である。夏が終わると急に朝晩が冷え込んで、それからはずっと秋晴れの日が続く……というのが理想だが、農家の理想は実現した試しがない。とくに最近の数年間は（２０１７年を除いて）台風や秋雨前線の影響で９月の前半に長雨に見舞われている。

初夏の遅霜をギリギリで免れ、夏の降雹もなんとか切り抜け、ようやくヴェレゾンを終えようとしているブドウたちが、最後に迎える難関が秋の長雨だ。

夏までの雨はまだ果皮が硬いから耐えられるが、収穫が近づくにつれて膨らんだ果皮は薄く軟らかくなっているので、雨に当たると簡単に裂けてしまう。するとそこから病菌が入り込み、あっという間に伝染する。

９月は白ワイン用の各品種と、赤ワイン用でも早生（そうせい）のピノノワール種の収穫の季節である。これからしばらくの間、台風の発生や秋雨前線の動向が気になる日が続く。

世界の人口（２０１９・９・９）

ワインをつくるブドウは、痩せた土地で育てるのがよい。土に栄養があると樹ばかりが元気に枝葉を伸ばし、肝心の果実がよく育たない。

植物は、自分たちの世代に希望が持てないことを悟ると、子供をつくる仕事にエネルギーを注ぐ。

が、自分たちの生活が豊かで充実しているときは、リスクの多い子育てに力が入らない。だから親であるブドウの樹にはわざと生存ギリギリの厳しい条件を与え、これでは次代に賭けるしかない、と思わせて、よい果実が実るように仕向けるのだ。

千曲川の源流にある長野県川上村で、太い幹に痛々しい輪の跡がついたカラマツを見たことがある。

天然の立派な大木を選んで、幹に鉄製のベルトを嵌めて締め上げる。すると身の危険を感じた樹は、死ぬ前にせめて子孫を残そうと、松ぼっくりをたくさんつけるのだそうだ。そうして増産されたカラマツの苗が、川上村から全国に配られて植林された。

最近、自分が死んだ先のことが気になってしかたがない。

１９５０年に25億人だった世界の人口はすでに70億人に達しており、このまま行くと２０５０年には１００億人を超えるという。

先進国は人口減少に悩んでいるというのに、地球全体では相変わらず人口は増え続けているのだ。

物凄い数だから、先進国が受け入れる移民を増やせば帳尻が合うというレベルではない。

しかも、人口が増えるのは貧しい国ばかりだから、格差はさらに拡大して、難民が増えるだろう。

日本は人口が減って高齢化するから、外国人を呼び込んで経済を活性化させようと、東京都心の再開発や各地のカジノ誘致が語られているが、そこで遊ぶ人とそこで働く人たちは、世界のどこからやってくるのだろう……。

毎年収穫の時期になると、子孫を残すためだけに生きている植物の執念に気圧され、つい人間の営みと較べて余計なことを考えてしまう。

ネックウォレット（2019・9・16）

財布を落とすことが、昔からよくあった。

それでもここ数年は無事に済んでいたのだが、今年はなんと3回も紛失しそうになった。財布はズボンの左側の尻ポケットに入れているので、1回はレストランで、もう1回はタクシーで、座っているうちに上下の動きでズレて、外に出てしまった。そこで、私は財布を小型のミニ財布に替え、それを尻ではなく前のポケットに入れることにした。

が、こんどはタクシーを降りるとき、料金を払った後でポケットに収めたつもりの財布が、座席に残っていた……。いずれもすぐに気づいて電話をしたのでなんとか取り戻せたものの、さすがに3回も続くと（とくに3回目のケースは）単なる不注意ではなく、老化現象と考えざるを得ないだろう。

財布をカードサイズの小型にして、余計なものを持たなくなったのは正解だったが、前のポケットに入れれば落ちないと思っていたのに、自分の動作にすら確信が持てないのでは、財布に紐をつけて首から吊るすしかないか……と思って調べてみたら、お洒落なネックウォレット（首かけ財布）がいま注目のファッションアイテムだ、という雑誌の記事が見つかった。たしかに、ネット通販ではさまざまなデザインの製品が売られている。

しかし、実を言うと、私は半年前からスマホに長いストラップをつけて肩から下げているのだ。肩からスマホ、首から財布では、あまりにもブラブラし過ぎだろう。若者ならネックウォレットはファッションかもしれないが、爺さんではヨダレかけをしているのと同じである。

私はなんとか財布とスマホの両方をからだのどこかに繋げておく方法を考えようとあれこれ検索して、さまざまなネックウォレットや、単体のリング付きミニ財布や、長短のストラップやコイル式キーチェーンやスマホに直接取り付けるカラビナなど、利用できそうなものを片っ端から注文した。

結局、いろいろ組み合わせて試してみたが、最終的にこれ以上は小さくならないと思われるミニマルなカードケース（お札も5、6枚入る）を見つけたのでそれに短いストラップをつけて、またスマホにはキーホルダー用の短いが伸縮するチェーンを繋いで、それぞれズボンの左右のベルト通しに固定する、という方法を採用することにした。

この結論に至るまでに、ずいぶん無駄なものを買ってしまったが、これで財布を落とさなくなるなら安い投資である。

ズボンとパンツ（2019・9・23）

ジャンパーのことをブルゾンと呼ぶのにようやく慣れたと思ったら、最近はボンバージャケットというのが登場して、たがいの区別が判然としなくなった。

Tシャツはでいいのに、Tシャツがほしいと言ったら、カットソーですね、と店員さんに言い直されたこともある。

たまに上京したとき、時間があると東京駅周辺のデパートやブティックを覗（のぞ）いて洋服を探すことがあるのだが、それが明らかに若者を相手にしたような店だと、言葉が通じないことを怖れて入るのを躊躇(ちゅうちょ)する。

ズボンをパンツと呼ぶことにもまだ抵抗がある世代には、ブリーフとかトランクスとかいう名前は馴染まないので、下着はやっぱりパンツと呼びたいと思う。だとすればパンツの上にはくものはズボンと呼ぶしかないだろう。

呼び名だけでなく、たとえばシャツの着方からして、世代間では大きな差異がある。

アロハシャツや半袖の開襟シャツなどは別として、ワイシャツのようなふつうの長袖シャツは、パンツ、いやズボンの中に、裾をたくし込んで着るのが常識だった。

が、最近の若者は裾をデレッと外に出したまま着る。昔なら、だらしない！　裾はズボンの中に入れなさい！　と一喝されるところだ。

若者の真似をするつもりはないが、歳をとっても多少は流行を意識したいと思い、私もときどきシャツの裾をズボンの外に出してみる。

が、出してみるとやっぱりだらしない気がしてまた中へ入れたり、中へ入れるとなんだか古臭いような気がしてまた外へ出したり……。

そうやって何度も入れたり出したりしているうちに、裾がヨレヨレになって結局外には出せなくなる。

9月の晴れ（2019・10・7）

8月が晴れると9月は雨。8月が雨だと9月は晴れ。最近の数年はこのパターンが続いている。

今年の夏は早くからいくつも台風が発生し、停滞した前線を刺激して雨を降らせた。晴れた日にもしばしばスコールがあり、初夏からの日照不足はお盆を過ぎる頃まで続いた。最近のパターンを考えれば、8月に雨が多ければ9月は晴れるはずだ。

確信はなかったがそう信じていたら、なんと本当にその通りになった。雨は8月の末に降り止み、9月に入ってからはほとんど雨の降らない日が続いている。

標高の高い冷涼な信州の里山でブドウを栽培する私たちにとっては、地球温暖化でベースの気温が上がるのは歓迎だが、雨量が増え、雹害のリスクが高まるのが不安である。8月の降雨はまだよいが、9月になってから雨が続くと、収穫間近のブドウは壊滅的な被害を蒙ることがある。

2015年と16年は晴れた夏の後に秋の長雨が続いた。とくに16年は、カエルの声を聞きながらブドウを収穫するというはじめての体験をした。2017年は8月に雨が降って9月は晴れたが、18年はまた秋の長雨のパターンに戻った。今年を含めれば、5年間で2勝3敗である。

毎年のことだが、ブドウの収穫がたけなわの時期に私は誕生日を迎える。春の晩霜を逃れ、初夏の雹害を切り抜け、秋の長雨も免れて無事に収穫の日を迎えるのは、ブドウにとっては奇跡のような幸運である。

私はたわわに実った畑のブドウを眺めながら、自分自身の奇跡のような幸運を考える。事故や病気の経験は数多いが、どれも命に別状なく今日まで生き抜いた。見知らぬ人に突然襲われることも、駅のホームから突き落とされることも、青信号で歩いていて暴走するクルマにはねられることもなく74歳まで生きていることだけで、本当に奇跡のようだと感じている。

パリの舗道（2019・10・14）

ブドウの収穫がはじまる前、ひとりで1週間ほどパリに行って来た。

今年二度目だが、今回は、風景画を描くためにその資料にする写真を撮るのが目的なので、毎日いやになるほどパリの街を歩き回った。スマホの万歩計で数えたら、7日間で12万歩。これだけ歩いて一度も転倒しなかったのは我ながら上出来だ。

歳をとったら転倒に気をつけろとみんなに言われるので、最近は足もとばかり気にして歩くようになった。できるだけ歩幅を広く、つま先を上げて……。

パリには、51年前に留学したとき以来何十回も来ているが、パリ市内の舗道は石畳の微妙な凹凸が続いたり、いたるところにわずかな段差があったりして、老人にとってはきわめて危険に満ちていることにあらためて気がついた。

パリの街では、足もとの覚束(おぼつか)ない老人が歩いていても、周囲の人たちはまったく関心を払わないかのようである。少なくとも支障なく歩いている限り、誰も手を貸そうとはしない。が、ちょっとでもよろけたりつまずいたりしようものなら、近くにいる通行人がすぐに駆け寄って言葉をかけるだろう。もしも倒れたら、何人も集まって手助けする。そういう現場を、これまでに何度も見てきた。

歩き疲れたらカフェで休むが、パリのカフェでは昔から、トイレは地下か2階にあるものと決まっていて、エレベーターはないし、通路も狭いから、車椅子で行くことはできない。最近は改造して1階にトイレを新設する店もできてきたようで、私も今回の旅で一度だけそういう店に入ったが、石造りの古いパリの街は、舗道の段差や凹凸も含めて、全体としてユニバーサルデザインとはほど遠い世界である。

たしかに、街や施設を物理的に使いやすく整備することは大切だが、トイレを改造したり舗道を平らにしたりすることだけが弱者を救う方法ではないだろう。環境さえ用意すれば、人は無関心でいてもよいというわけではない。

信号がない道路はもちろん、赤信号でも歩行者が渡ろうとすれば、どんなクルマもかならず停まって待ってくれるのも、老人にとってはありがたいパリの習慣である。

千曲川（2019・10・21）

収穫を終えたブドウ畑に囲まれた里山の斜面に立つと、遠く眼下に光るものがある。秋の長い陽射しを受けて、金色に輝く千曲川の水面（みなも）である。

ふだんこのあたりの千曲川は水量が少なく、橋の上に立っても見えるのは砂利と灌木（かんぼく）ばかり、どこに水が流れているか目で探すほどなのだが、それが、台風19号によるわずか2日間の雨で、一気に溢れてしまった。

里山の上では、土砂崩れもなく倒木による停電もなく台風を無事にやり過ごしたが、千曲川の周辺では大変な事態が起きていた。東御市では橋が崩落し、長野市では堤防が決壊して集落が濁流に呑み込まれ、被災はいまだ終息していない。里山の上から、ふだんは見えない水面が光って見えるのも、まだ増水が収まっていないからだ。

私たちが住む地域では、静かな雨が休みなく降り続いたので、豪雨による災害は想像できなかった。が、多くの地域は激しい雨に長時間見舞われ、しかもきわめて広範囲に降ったために、膨大な量の水が千曲川に集まった。

千曲川ワインバレーと私たちが呼んでいる一帯のブドウ畑は、千曲川に向かってせり出した扇状地の、標高の高い土地に多くつくられている。

私が住む里山も、大昔の大規模な火山の崩落によってできた斜面が、山間の川とともに千曲川に流れ込んでいく過程でつくられた地形である。

そうしてできた千曲川の両岸には広大な空間が広がっており、そのため風通しがよく日照が多い、養蚕（ようさん）やブドウ栽培に適した気候が生まれたのだ。

千に曲がると書く千曲川も、太古からさまざまに姿を変えて流れてきたのだろう。洪水によって地形が変わり、崩落によって新しい土地ができた。そこに人が住んでいなければ単なる地形変動で済むが、人が住んでいれば大規模な自然災害だ。日本人はそんなふうにして、地震、台風、火山の噴火など頻繁な災害に遭いながら、そのつど災害を乗り越えその跡地に新しい暮らしを築いてきた。

秋になって空気が澄むと、遠くの景色がはっきりと見えるようになる。

紅葉がはじまるブドウ畑から、川の流れる盆地とそこから立ち上がる山並みを眺めて、大地の成り立ちを想像している。

ヴィンテージ（2019・10・28）

浅間山に連なる山塊の一部が崩落し、大量の土砂と火山灰が千曲川へと向かう斜面に堆積して扇状地を形成した。

そうしてできたのが、私がいま住んでいる東御市田沢の集落だそうだ。

私の自宅とワイナリーは崩落した土地を挟む山の尾根の上にあるので、そこの土質は強粘土だ。が、崩落した土地につくられた集落の畑は、どこも深い火山灰に覆われている。

私は里山の上にある畑と、下の集落にある畑の両方でブドウを育てているが、上の畑は強粘土、下の畑は火山灰なので、同じ品種でもできるワインの味わいが違ってくる。

果樹でも野菜でも、粘土質の畑でできるものは味が濃い。ワインも、山の上の畑で育ったブドウからつくるワインは、凝縮感があって力強い。

一方、火山灰の畑で育ったブドウをワインにすると、力強さに欠ける分だけ果実味が際立って、優しい味わいのワインになる。

日本の土壌は、基本的には粘土と火山灰がさまざまな割合で混合したものが大勢を占めるが、私のブドウ畑の場合は土地の成り立ちから両者が極端に分かれているので、それぞれの特徴がはっきりとあらわれるのだ。

どちらが優れているとか、劣っているということではない。土地による特徴の違いは、優劣ではなく個性だから、味わう人が好みで評価すればよいのである。

今年は、8月の末から1ヵ月以上、雨らしい雨が降らなかった。降ったのは、あの台風の2日間だけである。台風の前に白ワイン用のブドウを収穫し、台風が去って土が乾いてから、赤ワイン用のブドウを収穫した。健全に完熟したブドウを収穫することができたから、ワイン愛好家の習慣に従えば、「よいヴィンテージ」ということになるだろう。

ヴィンテージというのは、ブドウの収穫(年)をあらわす言葉で、この年のワインは出来がよいとか悪いとか、当たりだとか外れだとか言って比較することが多い。

が、私は、これも比較して優劣を競うものではなく、ヴィンテージとはその年の気候を記憶する指標であると考えている。

たとえば2019年は、白と赤の収穫の間に2日間だけ雨が降り、それが千曲川を氾濫させた、あの自然の力を思い出させるヴィンテージだと。

サッカーとラグビー（2019・11・4）

今年はラグビーで盛り上がったが、どちらかといえば、私はラグビーよりサッカーのほうが好きである。

英国のスポーツのランクでは、クリケットが最上位を占める。クリケットは貴族か支配階級のスポーツで、その次が富裕な市民がたしなむラグビー。その下が、労働者階級が熱中するサッカーだ。

クリケットとラグビーは、おもに英連邦とその旧植民地を中心におこなわれているスポーツだが、クリケットの競技人口は（人口の多いインドで人気なので）ラグビーを凌ぎ、サッカーに次いで世界2位といわれている。アメリカとその同盟国を中心におこなわれている野球の競技人口は、クリケットの5分の1だそうだ。

野球、バスケットボール、アメリカンフットボールなどアメリカ発祥のスポーツは、試合中も作戦のひとつひとつを監督が細かく指示するのが特徴だ。

サッカーやラグビーなどの英国発祥のスポーツでは、監督は「コーチ」と呼ばれて、采配はするが試合中の判断は選手の自主性にまかされる部分が多い。

阪神の吉田（義男）元監督がフランス人に野球を教えたとき、バントを命じたら「なんで俺があいつの犠牲になるのか」と文句を言われたという。打ったら一塁へ走るように、と言うと「俺は三塁に行きたい」と訴えたそうだ。いくらフランス人が集団より個人を優先するといってもこれでは冗談だが、私は日本人が好む野球の集団志向より、選手の自由な発想をなによりも大切にするサッカーの個人主義のほうが性に合う。

サッカーとラグビーを較べると、サッカーがゴール前の球なら隣にパスするより自分でシュートしたほうが褒められる個人プレー重視の世界であるのに対し、ラグビーではより献身や自己犠牲といった精神が求められる。とくに日本では、ラグビーは体育会やサラリーマン社会との親和性が強く、日本的な団結を求める最近の風潮にも与（くみ）しやすい。

だから、ひねくれ者の私は、今回のラグビー日本代表の活躍には素直に喝采するけれども、異常とも思える国民的な盛り上がりの中で、あまりにも「ワンチーム」ばかりが強調されると、いかにも日本的な同調圧力を感じて鼻白む。

ミドルクラス（２０１９・11・11）

英国のヴィクトリア女王は１８３７年から64年間にわたって英国を統治し、１９０１年に81

歳で没した。

昭和天皇は、ヴィクトリア女王が亡くなった1901年に誕生し、1926年に即位して、1989年に87歳で崩御するまで64年間在位した。

ヴィクトリア女王の時代、いち早く成し遂げた産業革命の成果により、英国は経済的にも政治的にも世界の覇権を握ることになった。

19世紀後半、高度経済成長による所得倍増によって生まれた英国のミドルクラス（中産階級）は、増えた家財道具を狭い家に押し込んで、野外で遊んだり、旅行したりするようになった。サッカー、ラグビー、ゴルフ、ローンテニス……多くのスポーツが生まれたのも、旅行会社ができたのも、この時代の英国である。

それ以前の英国では、スポーツといえば狩猟か乗馬で、貴族が遊ぶのを労働者は見物に行くだけだった。見物することに満足せず、自分でからだを動かしてスポーツを楽しむには、資力も体力も余暇も必要なのだ。

日本は昭和天皇のとき、英国から100年遅れて高度経済成長による所得倍増でミドルクラスが生まれ、一億総中流といわれるようになった。その後、大英帝国には及ばないまでもささやかなバブルを体験し、いま下降線をたどろうとしている。

半世紀ぶりの東京オリンピックを前に、日本にも多くの種目で強い選手たちが続々とあらわれている。

そんなトップアスリートになるには、本人の厳しい努力は言うまでもないが、小さい頃からの周囲の理解と惜しみないサポートが必要であることを、多くの例が示している。

才能のある子はいても、それを開花させるには投資が必要だ。強い選手が育ってきたのは、それだけ日本が豊かになった証拠だろう。

オリンピックもパラリンピックも、ある意味ではエリート・アスリートのパフォーマンスを鑑賞する機会である。これがスポーツを余暇に楽しめる富裕層と、それを見物することに満足する庶民層の、分断のはじまりでないことを祈りたい。

クマの棲む山（2019・11・18）

自宅の裏山には、昔からクマが棲んでいる。

家は里山の天辺にあって、裏は森になっているのだが、その森の斜面にクマの一家が棲んでいることは、引っ越してくる前から聞いていた。

が、その頃はまだ森の間際まで畑を耕している人がいたし、犬を放し飼いにする家も多かったので、クマは里まで下りてくることはなかった。

事情が変わったのは、ここ数年のことである。森の中から私の自宅の裏を通って、下の集落や向かいの里山にクマが出没するようになった。

森の樹木の下枝を刈る人もいなくなり、畑が荒れた分だけ森が増殖し、動物たちが身を隠す場所が多くなった。かつてはクマたちが危険を冒しても近づくのはハチミツだけだといわれたものだが、いまでは味が濃くて栄養がある人間の食べものに惹かれて、クマたちは人の住む町に下りてくる。

自宅から向かいの里山の天辺までを往復する山道は、私のお気に入りのウォーキングコースだったが、近年はクマの目撃情報が多いので、とくにこの時期は行かないようにしている。冬眠前の腹を空かせたクマに出会うのは避けたい。

中世のヨーロッパでは、クマは百獣の王とされていた。競技場でクマとライオンを闘わせた記録によれば、ライオンは噛みつく前にクマのパンチで倒されたという。

クマはまず太い腕でパンチを見舞い、最後は相手を両腕で抱き締めて背骨を折る。だから中世の騎士にとっては、パンチをよけて自分からクマに抱きつき、自分が失神する前に一瞬早く短刀で刺し殺すのが、最大の勇気の見せ場だったという。

日本でも、空手の名人がクマの眼に二本の指を刺して撃退した、とかいう話があるが、まさか自分から距離を縮めてベアハッグをされにいく勇気はない。

やはりあの山に登るのは、クマたちが冬眠に入るのを待ってからのほうがよさそうだ。書斎の窓からクマの出るウォーキングコースを眺めながら、運動不足を嘆いている。

机まわりを整理する（2019・11・25）

ようやく木の葉が風に舞いはじめたが、まだ森の紅葉は残っている。

いつもの年ならとっくに木枯らしが吹いている季節なのに、暖かさが不穏に感じられる秋の終わりである。

今年も、残すところわずかとなった。

年末になって慌てないように、少しずつ机まわりの整理をはじめている。

もらった名刺は月ごとに仕分けて取ってあるが、必要なものはメールアドレスを控えてあるので、一年の終わりにすべて裁断して捨ててしまう。

手紙や葉書も同様である。返事を書かなければいけないのにまだ書いていない何通かの手紙を除いて、あとは破って捨てることにしている。

実を言うと、まだ返事をしていない手紙はもう何年分も溜まっていて、箱に入れたままになっている。返事は、すぐに書かないと一生書かないものだ。

記念に撮った写真を、プリントして送ってくれる人も多い。

人の顔を裂き破るのも忍びないので写真はそのまま大きな箱に入れておくが、ほとんどの場合二度と見ることはない。

もちろん案内状などの印刷物は送られてきたその日のうちにできるだけ破棄するが、それでも机のまわりにはどんどん紙類が溜まっていく。

自分が書いた原稿が掲載された新聞や雑誌も、一読したらすぐに処分する。

著書に関しては、いちおう自分が出した本は少なくとも1冊は取ってあり、机のすぐ横の本棚に並べてあるのだが、人に貸したりしているうちに、気がつくとなくなっている本も少なくない。

たまに、昔書いた文章を自分で確認したいときがあって、手もとにその本がないと、ネットの古書店から購入する。最近も1冊買ったが、その本は5社の販売元から出品されていて、3社が1円、あとの2社は、117円と、873円だった。

自分の著書が1円で売りに出されているのを見るのは辛いが、買う側としては安いほうがいいので、状態が良好な品を評価の高い古書店から1円で買うことにした。

本の終活（2018）

本にサインを求められたときは、表紙を開けると左側にあらわれる見返し（表紙の裏に貼ってある紙の続き）に署名する。

見返しは本文とは別の紙で、この一枚を切り取っても綴じには影響しないから、著者から為書きを添えて謹呈された本でも、カッターで慎重にこの紙だけを切り取れば心置きなく古書店に売り払うことができる。だからここに署名して、そんなに価値のあるサインではありませんよ、嫌ならいつでも切り取ってください、と無言で示すのが、著者のたしなみとされてきたが、もう、誰もそんなことを気にしなくなった。蔵書が売れるかと思って古書店に持ち込んだら、ゴミに出したほうが早いですよ、と諭されてしまう時代である。

これまでも売れるものは売ったり、チャリティー代わりに差し上げたり、ゴミに出したりして相当の量の本を処分してきたが、それでもまだ数千冊は残っているので、その半分近くを村の民泊に寄贈することにした。村の仲間といっしょに、空き家を改修して民泊をつくり、そこの茶の間に本棚を並べて、私の蔵書を見てもらうことにしたのである。私にしか価値のない本でも、中には面白いと思ってくれる人がいるかもしれない。

大量の本を運び出してしまうと、書斎や廊下にある作り付けの本棚には、大きな空間がポッカリと空いた。それを眺めながら、いま、残りの本もすべて放出してしまいたい衝動に駆られている。本棚といっしょに私の頭の中も空っぽにして、過去の知識にすがることなく、ただ前だけを見つめていた少年の無垢を手にして、残りの老年を生きてみたい……と言ったら、痴呆老人の居直りと受け取られるだろうか。

差別用語（2019）

本棚を整理すると、昔懐かしい本がいっぱい出てきて、思わず読みふけってしまう。昔の本の中にも、古さをまったく感じさせない、いま読んでも面白い本がたくさんあるが、そんな本の中でも平気で差別用語や不快用語が使われているのが、時代の変化を感じさせる。

私が職業的に文章を書きはじめたのは1970年代からで、出版や放送の世界ではすでに自主規制をするようになっていたが、社会全体にまだ差別意識への感度は低く、私の初期の著作にもいまなら使えないような言葉が散見される。

昔ならふつうに使えた言葉が規制されるようになると、執筆者の多くは「言葉狩り」だと非難した。私も言葉の書き換えを求められると、理不尽に感じてよく抗議したものだ。

いま思うと、はるか昔の出来事である。時間が経つうちに、社会のありようを受け止める自分自身の意識が変化して、昔はなんとも感じなかったそれらの言葉が、いまでは明らかに差別的に感じられるようになっている。

いま日本社会の全体で起きているさまざまなハラスメントの問題も、昔のやりかたが通じなくなったと嘆く世代がまだ抵抗しているからで、いずれは時間が解決するだろう。

最近ちょっと気になるのは「反社会的勢力」という言葉である。暴力団とかヤクザとかいう括りでは対象を包括できなくなった事情から生まれた語であることは承知しているが、一般的な語彙であるだけに、そのうちに拡大解釈されて、多数意見に反対する少数者や、社会の同調圧力に抵抗する人々が、同じ言葉で呼ばれる危険性はないだろうか。

社会全体に不寛容の気分が高まると、意図的な誤用さえ生まれかねないと心配している。

過去のデータ（2019・12・2）

毎年、暮れから正月にかけてのヒマな時期に、やりたいと思いながら、なかなかできないでいることがある。

パソコンの中にある、過去のデータを整理する作業である。

私が原稿を書くのに使っているのは標準的なサイズのノートパソコンで、メールを書くのも、画像を保存するのも、同じパソコンを使っている。

画像は自分が過去に撮った写真だが、どれもスマホから転送したもので、そのほとんどは絵を描くための資料にする外国の風景写真だ。記念写真の類（たぐい）をコレクションする趣味はないので、それほど大した量はない。

私が整理したいと思っているのは、過去にやり取りしたメールの記録である。

ふだんは、返事を済ませたメールのうち、当面のあいだ保存しておく必要のあるものはフォルダに移して保管し、そうでないものはゴミ箱に入れる。メールにはできるだけ早く返信するようにしているので、いつも受信トレイには数通の未返信メールがあるだけだ。

が、その分ゴミ箱には削除したメールが大量に積み重なり、それぞれのフォルダにも古いメールが何年分も残っている。

日頃から、保管が不要になったメールはこまめに処分していればよいのだが、ひょっとして後で必要になるかもしれないと思って躊躇しているうちに、明らかに不要のものまでが溜まっていく。この悪循環を、年末年始のうちに断ち切りたいと思い、これまでも何度か試みたが、いつも途中で挫折してしまった。

もちろん、あまりにも量が多いのが原因だが、消去するときについ文面を読んでしまい、過去を思い出して懐旧や悔恨に囚われると……そこで手が止まってしまうのだ。思いがけなく見つかった、昔の手紙を見るように。

パソコンの中身を整理したいのは、容量を減らしてパソコンを軽くするためではない。私自身の過去をできるだけ消去して、自分が身軽になりたいからだ。

今年は、うまく整理が進むだろうか。

ゲストルーム（2019・12・9）

今年は、家の一部を改造した。

離れにあった小さなゲストルームを広げて、地面が露出していた母屋との間の数メートルの距離に床を張り、直接行き来できるようにした。

もともとのゲストルームは、ベッドがようやく2台置ける程度の寝室に、1坪もないバストイレがついた広さだったが、この改造でもうひとつ8畳くらいのリビングスペースができたので、その横に浴室を新設した。

そのかわりゲストルームにあったバストイレは、浴槽を取り外し、トイレも新しいものに替えて、寝室との段差をなくして車椅子が通れるようにした。

ゲストルームといっても、泊まり客を迎えることはめったにないので、この新しい部屋は私たち夫婦が最後を過ごす介護ルームのつもりでつくったのだ。

40代で建てた現在の家は、年寄りふたりでひっそりと暮らすには広過ぎる。

客も来ないから応接間は要らないし、広い仕事場も早晩不用になるだろう。私はまだ毎日料理をつくっているが、台所で自由に動けるのもあと何年か。夫婦のどちらが先になるかは分からないが、寝たきりか、車椅子か、いずれやってくる老衰の日に備えて、生活をダウンサイズしようと以前から考えていた。

改造工事が終わったのはひと月ほど前のことだ。まだ風呂もトイレも使っていない。

リビングの横につくった浴室は、南側に窓を大きく取って、窓のすぐ外にあるマロニエの樹と、その向こうにある森の緑がよく見えるように設計した。南側は裏庭なので覗かれる心配はないし、覗いたとしても老人の入浴姿を見たら逃げ出すに違いない。

リビングの一角にはミニキッチンをつくり、小さな流しと電気ヒーターを組み込んだ。

ここで簡単な料理をするのは、老いぼれながらも食い意地だけは一人前の私か、それとも動けなくなった私を介護してくれる誰かだろうか。

ダウンサイズ（2019・12・16）

ちょうど家の改造工事をしている頃、フランス人と結婚してフランスの田舎に住んでいる友人から、ようやく家が売れたという知らせがあった。

私たちと同年配の夫婦だが、子供たちも独立したし、掃除や手入れも負担なので、もっと小さな家に移りたい。そう聞いてから、一年くらい経つだろうか。

同じ時期、アメリカの地方都市に住む友人の老夫婦も、ダウンサイズしたいといって家を売りに出していた。

が、こちらはまだ買い手が見つからない。不動産屋が客を連れてくるが、値段の割に家が大き過ぎるといって難色を示すらしい。大きい家が安く買えるなら得だろうと思うが、フランスでもアメリカでも、コンパクトな家ならすぐにでも売れるのに、老夫婦の手に余る広さだとそれだけで価値が下がるという。

私たちも、家を改造して老後（というよりその先にある「最後」）を暮らすための部屋をつくったわけだが、そこにふたりが移った後、残された大きな家をどうするか。

人に貸すといっても、こんな山の上の、ポツンと一軒家みたいな家に住みたいと思う酔狂な人間はいないだろう。

それに、家の目の前にあるワイナリーは営業を続けているだろうから、そこに来た客が泊まれる施設にするのがよさそうだ。

そう思って、早速改造のプランを練りはじめた。

書斎とアトリエは壁をぶち抜いて広いスイートルーム。屋根裏部屋は四方をガラス張りにして展望ワインバー……。お金をかけて改造すれば、素敵な客室が3部屋くらいできるだろう。階下の応接間とサンルームはレストランだ。

誰かこの家を買って、オーベルジュに改造してくれないだろうか。

そう思っているのだが、洒落たオーベルジュの端の部屋に瀕死の介護老人がいたのではまずいから、もちろんすべては私たちがふたりとも死んだ後の話である。

クリスマス（2019・12・23）

10年ほど前から、年賀状を出すのを止めた。

そのかわり、クリスマスの時期に合わせて年末の挨拶状を送り、それを出さなかった人から正月に年賀状を受け取った場合は、1月の半ばを過ぎる頃に寒中見舞いで返事をすることにした。

そうやって、年賀状を出した人から来ない、出さない人から来る……という微妙な行き違いを回避してきたのである。

年末の挨拶状も、時期はクリスマスだが、不用意にメリークリスマスと書いてはいけないと教えられた。日本人はあまり気にしないが、キリスト教徒以外はクリスマスを祝わない。だから宗教の多様性に配慮して、シーズンズ・グリーティングス（季節の挨拶）と書くのが現代の作法だそうだ。

クリスマスは24日の夜から25日にかけてだけでなく、本来は年明けまで一連の宗教的行事が続くものである。

だから欧米では1月中旬までクリスマスツリーを飾っておくが、日本では25日が過ぎるとすぐにクリスマスの飾りを外して正月のしつらえを整える。ホテルやデパートの模様替えの素早さは見事なものだ。

クリスマスは、もともとは冬至の祭りだったという。

昼がどんどん短くなって、このままでは世の終わりか……と思ったある日、その日を境に、また日が長くなる。それが世界の再生（子供の誕生）のイメージを呼び覚まし、それに神話的あるいは宗教的な要素がさまざまに混淆（こんこう）して、クリスマスという祭りができていった。

この季節、里山の上の一軒家を囲む風景は、生命の気配もない枯れ木ばかりの森である。もしこのまま太陽の寿命が尽きてしまったら……と考えたときの恐怖は容易に想像することができる。

さいわい、私たちは冬至が折り返し点であることを知っている。

だからクリスマスを過ぎる頃になると、山から松の枝を採ってきて玄関の柱にくくりつけ、安らかに正月を迎える準備をする。

新しい年（2020・1・6）

元日はいつものように朝早く起き、いつものように犬の散歩と朝食を済ませたあと、いつものように書斎に入って原稿を書いた。

昼は料理屋から取り寄せたおせちをつまんで屠蘇（とそ）代わりの冷酒を飲み、いちおう雑煮だけはつくって形ばかりの正月を祝ったが、晩からはまたいつもの夕食とワインに戻った。

私が東京で育った子供の頃は、少なくとも三が日は商店が営業していなかったから、どの家も家族が食べるものをつくり置く必要があったし、そもそも社会の全体が、七草を過ぎるまでは機能していなかった。

いまから50年前、元日をロンドンで迎えたことがある。フランス留学から帰国する前に、英語を勉強しようと思って渡英したときのことだ。

元日だからと朝寝坊して、朝食をゆっくり摂ってからホテルを出たら、街が活気づいていて驚いた。店も開いているし、人通りも多く、鞄を持って歩くサラリーマンのような男もいるではないか。実はその当時、英国では元日も平日扱いで、会社も商店もふつうに営業していたのだった。

フランスでは、24日の午後と25日だけ休んで、土日が挟まれなければ大晦日まで仕事をする会社もあるそうだが、大晦日の夜は年が明けるまでドンチャン騒ぎをするので元日は昼まで寝て、2日の朝から仕事に出かける。

英国でも、いまは元日が祝日になっているので、やはり2日が始業日だ。冬至という太陽の折り返し点が無事に過ぎることを祈り、願いがかなって太陽が再生したら、新年の到来を待って仕事に取りかかる……というのが、ヨーロッパのクリスマス休暇の意味なのだろう。

私は人が休みの日に働くことに慣れているので、正月は能率の上がる仕事週間だ。テレビはスポーツ中継以外に見るべきものはない。元号が変わっても新しい時代が来るわけではないように、年が改まっても日本の政治や社会は古いままだ。

現状維持は、退化でしかない。この数年、変わらないことに慣れてしまった日本人は、いつか変革の意思を持つことができるだろうか。

遊歩道（2020・1・13）

世界の情勢は不穏だが、日本の正月は穏やかな天気に恵まれた。

寒さの到来は遅かったものの、さすがにこの時期になると広葉樹は葉をすべて落とし、森は枯れ木ばかりの冬景色になっている。

暮れに降った雪も跡形なく消えたので、ひさしぶりに向かいの里山に登ってみた。

クマが出るので、警戒していた山道である。もうクマたちは全員冬眠しているはずだが、眠りそびれてウロウロしている奴がいるといけないので、撃つとパン、パンと大きな音がする、おもちゃの拳銃をポケットに忍ばせていった。

この山は個人の所有で、10年ほど前に大規模な伐採がおこなわれたとき、材木を運び出すためにつくられた道が残ったので中まで入れるようになった。が、その後数年すると再び繁茂する樹木に道が覆われはじめたので、村の仲間と語らって、山頂に至るルートだけは枝刈りをして確保した。いまでも毎年何回か、みんなで山に入って、この道を遊歩道にするための作業を続けている。

この遊歩道を安心して歩けるようにするには、もっと周囲の樹木を伐採して、見通しをよくしなければならない。いまは見通しがよいのでクマがいれば遠くから姿が見えるが、夏になって樹木が繁ったらどうだろう。

冬眠の時期とはいえ、なんとなく不安な山道である。往復で30分ほどの道中、私は意味もなく空砲を6発鳴らし、弾がなくなったら怖くなって、最後は走るように下ってきた。

よろしくお願いします（2020・1・20）

年明けの賀状やメールの交換では、よろしくお願いします、という言葉を、何度使ったことだろう。

今年もよろしくお願いします。

今後ともよろしくお願いします。

いや、別にこの時期でなくても、私たちはみんな、1年に何百回かそれ以上、この言葉を口にしている。

私が学生だった50年前、フランス語ではどう言うのかと思って和仏辞典を引いてみたら、

“Je vous en remettre”（ジュ・ヴ・ザン・ルメットル）

という訳文が出ていた。意味は、

「私はそれ（そのこと）をあなたにおまかせします」

動詞の“remettre”は「再び置く」というのが元の意味だから、直訳すれば、

「（自分が）いったん預かったものを、再び（あなたに）預ける」

ということになるだろう。

いまネットで検索すると、英語でもフランス語でも、この言葉が使われるさまざまなシチュエーションに応じて、複数の翻訳が示されている。

そのどれもが、基本的には、

「あらかじめの感謝を示す（相手が自分に対してこれから取るであろう行動に、良い結果を期待する）」

というニュアンスで、たしかに実用的な表現が並んではいるのだが、私が学生のときに見たあの訳文の衝撃にはかなわない。

私はそれをあなたにおまかせします。

……まったく、なんという主体性のなさだろうか。

外国語では、そのときどきの具体的な状況を設定しないと使えないフレーズが、日本語ではなんの限定もなしに「よろしくお願い」して、すべてを「あなたにおまかせ」する。そもそも自分が責任をもって受け取ったはずの荷物を、相手に丸投げして平然としているのだ。

自分が「よろしくお願いします」と言うと、相手も「こちらこそよろしくお願いします」と言って、たがいに責任を押し付け合う。

「よろしくお願いします」は、「適当にごまかしてください」とか、「忖度（そんたく）してください」という意味にもなる……。

どうかひとつ、そこのところをよろしく。

便利な言葉だが、無意識に使わないよう、注意したいと思っている。

思い出づくり（2020・1・27）

正月明けに帰省を終えて帰ろうとする新幹線の乗客に、テレビのリポーターがインタビューをしていた。

「お正月は楽しかった？」

マイクを差し出している相手は小さな女の子だ。

「うん。楽しかった」

「なにがいちばんよかった？」

「いい思い出がいっぱいつくれてよかった」

私は台所仕事をしていてテレビは斜めに見ていたのだが、この言葉にハッとして思わず画面に向き直った。

見たところ、小学校の低学年だろうか。まだあどけない女の子が、思い出づくり？

そういえば、しばらく前に同じような画面を見たことを思い出した。

やはり小学生くらいの子供が夏休みにやりたいことを聞かれて、こう答えたのだ。

「いい思い出をいっぱいつくりたい」

一度ならず二度までも、小さな子供から同じような言葉を聞かされて、私は考え込んでしまった。いまから思い出ばかり溜め込んで、この子たちは過去のほうを向きながら人生を歩んでいくのだろうか。

二度の東京オリンピックの間に過ぎた半世紀のうちに、日本人の暮らしは大きく変わった。個人の人生の上昇曲線と国の経済の成長がシンクロしていた時代は終わり、豊かさがピークを迎えてから生まれたいまの子供たちは、凋落する未来を見ようとしない。

子供たちや若い世代に限ったことではないが、みんながやたらに写真を撮るようになったことも、私は気になっている。

もちろんそれはフィルムからデジタルへの技術革新がもたらしたものだが、旅行をしても、食事をしても、目の前にあるものを楽しむ前にまず写真を撮りたがる。

眼前の風景は、写真に撮ったその瞬間から過去になる。

競うようにスマホをかざして写真を撮り合う人びとは、一刻も早く現実を目の前から消し去りたいと願っているかのようだ。

未来はなくても、思い出だけあれば生きられるか……。

寝相（2020・2・3）

私は長いこと肝炎を患っていたので、食後はすぐ横になって休むようにしてきた。

消化のために血液が胃に集中する間も肝臓に十分な血液が行くように、からだを横たえるのがよい、というのが医者の奨めだった。

ところが最近の医者は、食後30分間は横にならないように、という指示を与える。年寄りには、誤嚥（ごえん）の危険があるからだそうだ。

寝るときも、枕を高くするのがよいらしい。それも、背中の上部から頭までを、なだらかな坂のように支えるのがよいとされる。

私のベッドは書斎にあって、ベッドの足もとにテレビが置いてある。夕食の後はベッドに入るとすぐテレビをつけるので、画面がよく見えるように、クッションを背に当てて頭を高く保つ姿勢を取る。テレビを見はじめるとかならず眠くなり、そのまま1時間は寝てしまうのだが、この姿勢を続けている限り誤嚥の心配はなさそうだ。

就寝前に仮眠するので、風呂に入ってパジャマに着替え、いざ本格的に寝ようとしてもなかなか寝つけない。結局、薄いウィスキーのソーダ割りを飲みながら、本を読んだり考えごとをしたり、しばらく時間を潰してからようやく眠りに就く。

私が枕元の電気を消して横になると、ほどなく愛犬のピノがベッドに飛び乗ってくる。

3ヵ月ほど前から、それまでベッドのすぐ横のカーペットに寝ていたピノが、ベッドに乗ることを覚えて、以来、毎晩同じベッドで寝ることになった。

シングルベッドなので、幅が狭く、足もとに犬が来ると、私は押されてからだが斜めになったまま眠るが、さいわい私は寝相がよく、寝返りもしないので、ギリギリのところで寝ているがベッドから落ちることはない。

老人ロック（2018）

「このナイフは……よく切れないね」

「肉が硬いんじゃなくて……」

「ナイフが切れないんだ」

「でも、隣はラクに切っているわよ」

夫婦でレストランに入って、肉料理を注文した。妻の小さな声を聞いて隣を見ると、若い女性客が、同じ料理の肉をスイスイ切り分けて口に運んでいる。

「ナイフじゃなくて、われわれの力が足りないのか……」

ふたり合わせて140歳の私たちは、そう言って嘆き、手を休めた。

最近は、切れ味のよさそうなナイフを肉に添えて出す店が増えた。が、どれも見た目ほどには切れないのが不思議だったが、その原因がナイフにではなく自分自身の力不足にあるのだとしたら、残念だけれども納得が行く。衰えている自覚はないが、老いがその影を落としていることは間違いないだろう。

ジャムなどの瓶の蓋（ふた）が、固くて開かない。

調味料や菓子が入った透明な小袋の、ギザギザの端を指先で裂こうとするのだが、切り口がよく見えないし、見えても指先に力が入らないので、いつまで経っても裂くことができない。

ガスに点火しようとするときも困る。着火棒のスイッチを押そうとしても、指の力が足りず、カチッと音がするまで押せないのだ。

なんでもこういう道具はチャイルドロックといって、子供がいたずらできないようにわざと固くしてあるのだそうだ。

しかし、簡単に操作できないようにしてある道具は、チャイルドロックというよりは老人ロックで、そのために日常の道具が十分に使えない年寄りがたくさんいるのではないかと私は想像している。

ステーキが切れなくなったら、肉食老人も年貢（ねんぐ）の納めどきか。

電話（2020・2・10）

携帯電話は持っているが、電話をすることはめったにないし、かかってきた電話に出ることもほとんどない。

スマホは原則として消音モードにしてあるので、電話がかかってきたとしても気がつかない。

あとで不在着信の履歴を見て発信者が特定できれば、電話ではなくメッセージかメールで返事をするが、名前を登録していない番号だけの発信者の場合は、返事をしない。

こちらから電話をすることはきわめて稀である。

私は、人に電話をするのが苦手なのだ。

電話は、突然、前触れもなしにかかってくる。食事をしていて口の中に食べものが入っているときでも、シャワーを浴びていて顔中が泡だらけになっているときでも、電話を受ける人がそのときどんな状態にあったとしても、まったくお構いなしにかかってくる。

私は端から出ないことに決めているからよいとして、ふつうは、かかってきた電話には出なければならないという、暗黙の了解が誰にでもある。だから多少の無理をしてもなんとか出ようとするのだが、そのプレッシャーは本人の「生活の質」を確実に貶めるはずである。

私は、自分から誰かに電話をしなければならない状況に陥ると、まず、相手がいまなにをしているか、懸命に想像しようとする。

いまこの瞬間は、どこにいてなにをしているのだろう。この時間なら風呂はないはずだが、トイレで用を足している可能性はある。それもいま終わったところならよいが、最中では困る。食事の時間は避けているつもりだが、個人の習慣やその日の都合までは分からない。

そう考えていくと、ますます分からなくなり、何度も発信ボタンを押しかけては、その都度手を止めてまた悩む。他人の行動は推し量ることができないものだ。

そういう体験を繰り返した結果、私は電話をかけるのも、電話に出るのも、止めることにしたのだった。

自宅には固定電話もあるが、常時、留守番電話にしたままである。

トレーニングマシン（2020・2・17）

アトリエは20畳以上の広さがあるが、絵を描くためのスペースは隅のほうの一部だけで、面積の大半はトレーニングマシンが占めている。

スクワットマシン、ベンチプレスマシン、レッグプレスマシン、ラットマシン……介助者なしで使っても安全なように、補助アームなどがついたホームジム仕様のマシンだから、どれも相当の大型である。

その上、ダンベルのプレートやシャフトを置くラック、デッドリフト用のヘックスバー、腹筋台にフィットネスバイクなどが、所狭しと並んでいる。

マシンを揃えたのは、10年ほど前のことだ。65歳になったのを機に、からだを鍛え直そうと思ったからである。それから3年間は本格的に取り組んだ。

自分でスケジュールとプログラムを組み立て、ボディービルの専門誌を読んで最新情報を吸収し、プロテインやサプリメントはアメリカから取り寄せた。

トレーニングの頻度が減ったのは、ワイン関係の仕事が忙しくなったのと、肝炎の後にガンが見つかって、入院することが多くなったからだ。頻度が減ると効果も見えにくくなり、モチベーションが下がって行く。最近の数年は、あまりマシンに触らなくなっていた。

私が筋トレをしなくなると、トレーニングマシンは物干し台になる。アトリエは日当たりがよく、マシンの上部からはバーやアームなど長い棒が出ているので、洗濯物のハンガーをかけるのに最適なのだ。最近は、ベンチプレスの台の上には大根が干してある。

放置しておくとどんどん洗濯物が増えるので、マシンを取り戻すためにトレーニングを再開することにした。

まず、大根をどけてからベンチプレスをやってみた。

次に、パンツと靴下が吊るされたハンガーを外して、スクワットに挑戦。

ラットマシンのバーからはパジャマを取って……。

サボっているうちに筋力が落ちたので、どれも昔と同じ重量は扱えなくなっているが、これからは洗濯物がライバルだ。負けないように、今度こそ続けよう。

新型ウイルス（2020・2・24）

その日は冬にしては暖かい日だったが、東京駅前から私が乗り込んだタクシーは、左右の窓が半分以上開けられていた。走り出してからしばらくすると運転手はその窓を閉め、

「寒くなかったですか」

と訊ねた後、

「お客さんが降りた後は客席の窓を開けて走っているんです。私はね、こうやって……」

と実演しながら、話を続けた。

「……お茶を少しだけ口に含んでうがいをして、うがいした後は飲み込むようにしています。ウイルスがあっても、胃に入れれば胃酸で殺されますから」

なるほど、それがどれほど有効な方法かはともかく、みんな自分なりの対策を考えているのだなと感心したが、この話は、東京でタクシー運転手から新型コロナウイルスの陽性反応が出たというニュースが伝えられる以前のことである。

私がこの話を聞いた2日後から、東京や和歌山などで径路をたどれない感染者が見つかったという報告が出はじめた。

きっと東京に住んでいる人たちは、事態が表面化する以前から、すでに周囲には多数の感染

者がいるのではないか、と疑っていたのだろう。

この問題が今後どういう展開をたどるかは予測できないが、一時的に多少の混乱があったとしても、いずれは時間が解決することになる。

ネット社会は、デマを増幅する怖れがある反面、正しい情報が広く伝わる利点もある。

今回の危機が去った後に残るものは……と考えると、まず、手洗いの意識と習慣は以前より一般に定着するだろう。

あと、感染対策の在宅勤務をきっかけに、テレワークが進むのではないか。

人混みを避けるために外出を控えるという行動は、そう長続きはしないと思うが、小売店よりネット通販が優位に立つ傾向をいっそう後押しするだろう。

私自身は「基礎疾患のある高齢者」に該当するので、しばらくは東京に行かないで、田舎のきれいな空気の中でそんなことを考えながら暮らすつもりだ。

サン・プリンセス号（2020・3・2）

昨年の夏に私が乗ったクルーズ船は、サン・プリンセス号という。

この船はダイヤモンド・プリンセス号の姉妹船で、大きさはひとまわり小さいが基本的な構造は同じである。だから、今回の新型コロナウイルスのニュースには、他人事（たにんごと）でない関心を寄せてきた。

私は洋上講師として乗船したので、小さなバルコニーがついた海側の部屋を与えられたが、たまたま廊下に出たときに、掃除中の向かいの部屋の中のようすが目に入った。

内側の部屋に窓がないことは船の構造から考えれば当然のことなのだが、実際に目にすると強い印象が残った。乗客が船室内に隔離されると聞いたとき、真っ先に思い浮かんだのがその部屋のことだった。

クルーズの料金は、部屋のグレードによって決まる。窓のない部屋、ある部屋、バルコニーに出られる部屋、スイートルーム付きの特別室など、部屋の差で料金が大幅に違ってくる。

食事は、ビュッフェやメインダイニングで提供される料理や飲料（ノンアルコール）は、すべて最初に支払うクルーズ料金に含まれている。船上で料金を払う必要があるのは、アルコール飲料と、スシやステーキなどの特別レストランでの食事だけだ。船内のサービスも、部屋の違いで異なることはない。

航海中は船内のアクティヴィティーに参加して一日中遊ぶことができるし、寄港地では朝から夕方まで観光に出かけてしまうのだから、寝るだけの部屋なら安くても構わない、と考える人も多いはずだ。まさか、そこに何日間も閉じ込められるなんて、誰も想像していない。奇禍に翻弄（ほんろう）されたダイヤモンド・プリンセス号の長い旅も、ようやく終わりを告げることになった。理不尽な境遇に耐えることを余儀なくされた乗客とスタッフの全員に、心から同情する。

ところで、サン・プリンセス号は東京オリンピックの開催期間中、横浜港に停泊してホテルとして利用されることになっており、去年から予約を募っていた。ホテルシップ計画は、予定通り実現するだろうか。

格差と分断（2020・3・9）

かつて客船が大陸間の移動手段として主要な地位を占めていた頃、船には、はっきりとした格差が目に見えるかたちで存在していた。

料金による客室の違いだけでなく、一等船客でなければ入れない区域とか、利用できない施設などがあって、待遇は大幅に違っていた。現代のクルーズ船ではそれほど明確な区別はないが、外国の船ではまだ一部に残っているとも聞く。

乗客の格差だけでなく、乗員にも格差がある。私が乗った日本のクルーズ船では船長も他のスタッフといっしょに従業員食堂で食事をするが、外国船では考えられないことらしい。

陸上で列車が豪華旅行を担った時代には、オリエント・エクスプレスの優雅な乗客たちは下男下女を連れて旅行した。そのために料金の安い専用車輛が連結されており、使用人たちはそこで眠った。乗員は荷物室を仕切ってつくられた部屋で寝たが、ベッドの数が足りないので、列車長以外は交替で荷物室の床に寝たと伝えられている。

現代のクルーズ船でも、乗員のほとんどは喫水線より下の船倉で寝泊まりする。乗客が先進国の富裕層であるのに対し、彼ら彼女らの大半はおもに発展途上国からの出稼ぎだ。

それを思うと、罪悪感とは言わないまでも、複雑な感情が胸をよぎる。それとも、格差社会になりつつあるといういまの日本では、それをあたりまえと思う人が増えているだろうか。

今回の新型コロナウイルスが引き起こした状況には、さまざまなことを考えさせられる。

世界がひとつに繋がっているからこそ拡大した感染を食い止めるには、その繋がりを断つしか方法はないのだろうか。「自国ファースト」の風潮が、こんなことからも強化されていくのかと思うと気分が重くなる。

国内での感染が広がると、目に見えないウイルスが人と人とを分断する。世界レベルでは、民族的な偏見や差別感情さえ芽生えている。なんだか、嫌な時代になってきた。

コメンテーター（2020・3・16）

一日中、テレビのニュースばかり見ている。定時のニュースだけでなく、いわゆるニュースワイドといわれる番組は、朝、午後、夕方、夜と、各局をハシゴしながらチェックする。時間帯が重なるときは、あわただしくザッピングしながら取り上げているニュースを比較するので忙しいことこの上ない。

各局が取り上げるニュースは9割がた同じだから、どんなにたくさん見ても内容にそれほど変わりはない。が、仔細に較べてみると局によって微妙な差異があるので、できるだけ多くを見ればより正確な全体像を得ることができる。

キャスターの伝えかたに文句を言ったり、コメンテーターの発言に突っ込みを入れたりするのも、ニュース・ウォッチングの楽しみだ。

日本のキャスターたちはつねに中立を装い、コメンテーターの調整役に徹するので面白味がない。コメンテーターにはそれぞれのキャラクターがあるが、もう少し踏み込んだ発言をしてもらいたいといつも思う。

……が、実際には、生放送ではなかなか思い切った発言ができないのだ。

私が夜のニュースワイドでコメンテーターを務めていたのはもう10年以上も前のことになる

が、少し尖った意見を述べると、視聴者からすぐにクレームがつく。放送中からたくさん電話がかかってくるのだ。

微妙な問題については、番組がはじまる前に、できるだけ穏便な言いかたをするよう注意を受けることもある。コメンテーターの発言によって局や職員が迷惑を蒙ることもあるので、そう言われなくてもいきおい発言は慎重になる。

コメンテーターが本音を語るのは、ＣＭで中継が途切れたときだ。それまでよそ行きの発言をしていたのが、ＣＭの時間になると解放されてアブナイ発言が続出する。で、ＣＭが終わると、また元のおとなしいコメンテーターに戻るのだ。

ニュースワイドは、ＣＭのあいだにコメンテーターたちがなにを語っているか想像するのがいちばん楽しい。

ふだん通りの生活（２０２０・３・23）

暖かい春に、ちょっとした寒の戻りがあって、３月14日に雪が降った。

降り積もって一面の雪景色になったのは、12月23日の初雪以来、今冬2回目の出来事だ。

3月14日は、私のワイナリーの営業開始日だった。毎年冬の1～2月は休業して、3月から新しい年度をスタートする。新型コロナウィルスによる店舗の休業やイベントの自粛が求められる中、私たちは予定通り店をオープンすることにした。

まさかオープンの当日が雪になるとは思っていなかったが、悪天候の中をわざわざ遠くからやって来てくれるお客さんが意外に多かった。ランチコースを予約してくれたのはおもに顔馴染みの常連さんだが、こんな状況の中でも支えてくれる顧客は本当にありがたい。

イタリアやフランスで感染者が急増しているのは、キスやハグの挨拶だけでなく、家族や友人で食卓を囲む時間が長いからだろう。

カフェやビストロでは「肘と肘がぶつかる」（親密な雰囲気をあらわす常套句）ような至近距離で、絶え間なくおしゃべりをしながら食事をする。

家の中でも、日曜日にはみんなが集まって、3時間も4時間もかけて食事と会話を楽しむのだ。

それが、彼ら彼女らにとっての生活であり、文化であり、人生そのものなのである。たとえ外出禁止令が出たとしても、家族や友人は食卓を囲むことを止めないし、黙って食事をすることもないだろう。

イベントに集まった1万人は、その日の晩、全員が夕食を摂るはずだ。イベント会場で感染するより、食卓で感染するリスクのほうがはるかに大きい。

ワイナリーと自宅がある山の上は、コロナフリーの環境である。都会からお客さんが来ればリスクは生じるが、私たちは、広大な景色を眺めながらおいしいワインと食事を楽しむ、下界のストレスから解放されて過ごす時間を提供したい。

もちろん感染を防ぐ手段は厳重に講じるが、その中でふだんの生活をふだん通りにやることしか、私たちにはできない。

松くい虫（2020・4・6）

天気がよかったので、ひさしぶりに裏山にある城跡まで歩いてみた。

自宅がある里山の天辺から尾根伝いに森の中を10分ほど行くと、壊れた山城の土塁が残っている。真田（さなだ）一族の本家筋ともいわれる海野（うんの）氏の出城「矢立（やたて）城」があった場所と聞いているが、いまは崩れた堀跡と石積みだけが昔を偲ばせる遺構である。

土塁の周囲をひとめぐりしてから、クマが出ないうちに戻ることにした。

夏は緑が邪魔をするが、樹が芽吹く前は遠くまで見渡せる。尾根筋はもともとアカマツの樹林なのだが、アカマツの多くは松くい虫にやられて、その後に生えた広葉樹がいまは多くの面積を占めている。

山道に沿って、数メートルごとに、奇妙な茶紫色のビニールの包みが置いてある。縦横高さそれぞれ1メートルあまり。よく見ると、森の全域に点在している。

最初に見たときは、キノコでも栽培しているのかと思ったがそうではない。松くい虫にやられて死んだ樹を伐採して、ひとまとめにして置いてあるのだ。虫が伝播（でんぱ）しないよう、燻蒸（くんじょう）して密閉してあるらしい。

私たちが松くい虫と呼んでいるのは、マツノザイセンチュウという体長約1ミリの線虫で、幹の中の導管に入り込んで水の流れを塞いでしまう。そのため元気だったマツの葉が急に褐変して、樹は枯れ死する。線虫はカミキリの一種によって媒介され次々と元気なマツに移っていくので、感染症と同じである。

松くい虫も、クルミの樹につくアメリカシロヒトリや、ブドウの樹につくフィロキセラと同様、アメリカからやってきた外来種だ。だからアメリカの樹には耐性があるが、日本やヨーロッパの樹は防ぐ手だてもなく感染する。

明るい春の森のあちこちに置かれた茶紫色の包みは、まるで墓標のようだった。

無数の生と死が絶えず繰り返される自然の光景はふだんから見慣れているはずなのに、あらためて松くい虫による被害の大きさに悄然とした。

居職（2020・4・13）

2月上旬から現在まで、一度だけ病院の検査のため日帰りで上京した以外は、ずっと信州に蟄居（ちっきょ）している。この後も、7月になるまで東京に出かける予定はない。

新型コロナウィルスをめぐる情報は克明にニュースを見て承知していたから、3月の末から4月の上旬にかけて、検査をしないまま市中に放たれた感染者がしだいに顕在化するであろうことは分かっていた。だから仕事や集会の予定がキャンセルになったのを機に、首都圏にはできるだけ近づかないことにしたのである。

といっても、私はもともと在宅勤務のフリーランスで、信州に引っ越して以来テレワークを続けている。不要不急の外出を控えても、日常の生活にはまったく変わりがない。

江戸時代、現場に出かけて仕事をする大工や左官などの「出職（でしょく）」に対して、自宅の仕事場でモノを作る職人のことを「居職（いじょく）」と呼んだ。裁縫師や印判師などがその例とされるが、自宅に居て机に向かう画家や文筆業もその範疇（はんちゅう）に入るだろう。

居職を職住同一の仕事と解釈すれば、自宅の一部を工房にした町工場や、自宅に農機具を置いて目の前の田畑で働く農家も居職の仲間に含めてよい。

産業革命によって職（働く場所）と住（住む土地）が切り離され、自宅から会社に通う労働者が生まれるまで、社会を支える仕事の大半は居職だった。

家庭から切り離されて暮らしの実感を失った男（サラリーマン）と、仕事から切り離されて社会性を失った女（専業主婦）が生まれたのは、産業革命の結果である。

テレワークが普及して在宅勤務が増えれば、やむなく家事や育児を手伝う男性も増えるだろう。ともに協力して暮らしを営みながら、それぞれの仕事にも時間を割く。居職のスタイルに慣れてくれば、ワークとライフのバランスは自然に取れようというものだ。

ＩＴ環境がこれだけ整ったのだから、そろそろ産業革命以前の生活に戻ってもよいのではないか。

野良仕事（２０２０・４・20）

三寒四温というにはやや極端な気候の変化があって、一気に春がやってくるというスピードではなかったけれども、４月も中旬の声を聞くとさすがに朝晩の冷えも収まり、新緑の季節がもうすぐそこまで来ていることを実感する。

信州の新緑の光景は、何度見ても美しい。枯れ木が居並ぶ遠景から、さまざまな諧調の緑がうっすらと立ち上がり、それぞれの輪郭がはっきりと見て取れるようになると、森のあちこちにあるヤマザクラが白い花を咲かせてその存在を知らしめる。

ブドウの樹は、まだ眠っている。剪定（せんてい）を終えた枝は地面と水平に誘引され、硬い芽がほころぶのを待っている。

新梢（しんしょう）が芽吹く前に、新しい苗木を植える作業をはじめた。今年は、ワイナリーの周辺にまだ残っていた土地を整備して、約４０００本の苗木を植栽する。

村の田畑にも、野良仕事をする人の姿が目立ちはじめた。ブロッコリの植え付け、アスパラガスの収穫、苗代（なわしろ）の準備……商業や工業の活動は新型コロナウィルスの影響で停滞しているが、農業は自然のカレンダーに沿っていつも通り動いていく。

農業をベースにしたライフスタイル。いま私が主宰するワインアカデミーには、都会生活や会社勤めに飽き足らず、人生の途中からワインづくりを目指す者たちが全国から集まってくる。彼ら彼女らに対して私は、ワインづくりはまずブドウ栽培からはじまる農業であること、農業は土と太陽をメディアとして自分を表現するアートであること、そして、土地に根ざして「暮らしながら働く」農業をベースにしたライフスタイルこそ、昔ながらの新しい生きかたであると説明する。

農業の目的は、拡大ではなく持続である。拡大しなければ維持できない工業と違って、自然と環境の条件によってあらかじめ規制された農業は、持続可能性だけを追求する。

新緑の季節、野良仕事に精を出す村びとの姿を見て、食べものをつくる仕事は強い、とあらためて感心する。

社会的距離（2020・4・27）

クラスターや3密と並んで、社会的距離、という言葉が急速に人口に膾炙（かいしゃ）した。人と人とを隔てる距離のことで、2メートルまたは6フィート以上離れれば、接触したことにならないのだそうだ。

これは、人が声を発したときに出る飛沫が届く距離がそのくらいだから、という理由のようで、2メートル以内で3語発すればすなわち接触、ということらしい。

もとは「ソーシャル・ディスタンス」という英語である。他人との距離をつねに6フィート以上に保つ行為（ソーシャル・ディスタンシング）が新型コロナウィルスの感染防止に有効とされ、日本でも外出自粛が言われるようになった頃からみんなが気にしはじめた。

ソーシャル・ディスタンスは直訳すればたしかに「社会的距離」だが、私は「社交的距離」と訳すべきではないかと思う。社交の距離、お付き合いの距離。人と人との関係をあらわす距離感のことだ。昔の人はソーシャル・ダンスを正しく社交ダンスと訳していた。

あまりお付き合いしたくない人とは、離れた距離を保ちたいと思う。でも、好きな人とは濃厚に接触したい……私たちは日頃から、無意識のうちに自分なりの「社交的距離」を設定してきた。

それが、思いがけない顚末（てんまつ）から外出自粛や自宅待機を余儀なくされると、あらためて自分が設定した距離感を再点検する機会が与えられ、コロナが去った後の人付き合いにも影響するのではないだろうか。

会わなくてもいまはネットで繋がれるから、ソーシャルな付き合いは失われない。だから、ソーシャル・ディスタンスではなく、「フィジカル・ディスタンス（物理的距離）」と呼ぼう、という呼びかけもあるようだが、誰とでも物理的に2メートル離れなければならないというのは、精神的にかなり辛い。

食事をするテーブルの奥行は70センチから75センチがベストである。家族でも友人でも、この距離で食卓を囲む仲間は運命共同体だと思っている。

ワインは家で飲む（2020・5・11）

相変わらず、ワインは毎日飲んでいる。

春はワイン関係のイベントや懇親会が多い季節なのだが、今年は2月中旬以降の予定が全部キャンセルになったので、もっぱら家で飲んでいる。だから付き合いで飲み過ぎてしまうこともなく、きわめて健康的な飲酒生活を楽しんでいる。

もともと、ワインは酔うために飲む酒ではない。

日本酒は、コメを収穫したときにそのコメの一部で酒を造り、カミに捧げたのが発祥だという説がある。

だから造った酒はその場で飲み切り、酔っ払った姿をカミに見せるのが感謝の表現なのだ。大切な主食であるコメを酒にするという、ある種背徳的な贅沢感が、祝祭性をさらに増したことは言うまでもない。

そのせいか、日本人は酔うために酒を飲む傾向がある。家ではあまり飲まないが、外で飲むときは徹底的に飲む、という人も少なくない。婚礼か葬式でもなければ酒が飲めなかった昔でもないのに、いまだに「今夜は飲める！」といって（毎晩？）酒場に繰り出す手合いも後を絶たない。

ワインは祝祭（ハレ）のための飲みものではなく、食事の一部として日常（ケ）に飲むものである。だから毎日飲むのがあたりまえで、酔っ払うまで飲むこともあり得ない。だからこそ、公衆の面前で酔態を見せては社会人失格なのである。

いずれにせよ、外出を自粛してステイホームと言われたら、家で飲むしかないだろう。毎晩外で飲んで夜遅く帰ってきた亭主も、そろそろ一日中連れ合いと顔を合わせる日常に慣れたはずだ。

私はこの機会に、日本にも夫婦でワインを楽しむ習慣が根づくことを期待している。手を思い切り伸ばして乾杯すれば、ちょうどソーシャル・ディスタンスにならないか。

髭（２０２０・５・18）

髭（ひげ）をたくわえるようになったのは、30歳を少し過ぎる頃からだろうか。

実は、もっと前、ヨーロッパをヒッチハイクで旅行していた頃から、何度か髭を生やそうと試みたことがあった。が、髭はなかなか自分のイメージ通りに生えてくれないもので、いつも途中で嫌になって剃り落とした。

帰国して通訳やガイドの仕事をするようになると、社会人と接するのに年少の自分だけ髭面では失礼だろうという自主規制が働き、なかなか思うように伸ばせなかった。

本当は、ジャン・レノのような、顎(あご)からもみあげまでびっしりと黒い髭が繋がっているような生えかたが理想だった。

しかし、私の場合、何日放置しても顎の髭ともみあげはいっこうに繋がらず、途中に空白ができてしまう。しかも、頬のあたりの髭は密度が低く、いくら伸ばしても無精髭のように見えるのだ。

結局、ジャン・レノをあきらめて鼻の下の口髭(ムスターシュ)と顎髭(バルブ)だけにしようと決めるまで、2年くらいは悩んだように記憶している。

その悩んでいる間に、私はフリーランスの物書きとしてなんとか独り立ちすることができたので、自由業なら髭も許されるだろうと考えることにした。

口髭と顎髭は、小さなハサミで切り揃える。他の部分に生えてくる髭(無精髭)は、カミソリで剃り落とす。

本来この作業は毎日やるべき身だしなみなのだが、一日中家にいて人と会わない日は、ついサボって無精髭をそのままにしておくことが多い。

とくに最近は、家族以外にはほとんど人と会うことがないので、髭は全面に伸び放題。出来損ないの仙人みたいな髭面だ。

さすがにこれではまずいと思い、長く伸び過ぎた髭はカミソリでは剃りにくいので、頭髪用のバリカンで刈ってみたら……全面に生えた白い髭が数ミリの長さに切り揃えられたせいか、顎ともみあげの間の空白は、あまり目立たなくなっていた。

最近はジャン・レノも白髪だから、少しは近づいたか。

接触欲（2020・5・25）

サルを、真っ暗な箱の中に、何日間か閉じ込める。なにも見えないだけでなく、自分が発する声も聞こえないようにした、感覚遮断の実験である。

食事と排泄は箱に空けた穴から対処するのだと思うが、これは50年以上も前、私が学生のとき大脳生理学の講義で聞いた話だから、実験の詳しい仕組みについては覚えていない。

が、その結末を聞いたときのショックは、いまでも鮮明に思い出す。2匹のサルをそれぞれ別の箱に入れ、一方のサルだけ、1日に1回、人間が穴から手を入れてからだを触ってやる。もう一方のサルには、なにもしない。

　すると、からだを触ってやっているサルのほうは何日経っても体調に変化がないのに、なにもしないサルのほうは、何日かすると精神に異常を来し、最後は自分に聞こえない叫びを上げながら、からだじゅうの毛を掻きむしり、血が出るまで皮膚を傷つける……のだそうだ。

　いつ、どこの国の何という研究者がやった実験か、また、この結果が人間にも当てはまるのかどうかも知らないが、たしか講義のとき先生は、動物には食欲や性欲などいくつも本能があるが、なかでももっとも強烈なのが接触欲で、たがいに肌を触れ合いたい、身体的、物理的に接触したい、という欲望が満たされることがもっとも重要なのだ、と結論づけたように記憶している。

　視覚や聴覚が遮断されても、スキンシップさえあれば精神は正常に保たれる。そして、その禁断症状はからだの皮膚にあらわれる。

　血気盛んだった20歳前後の私は、もっぱら男女間の接触についてばかり考えていたが、この結論はあらゆる意味で示唆に富んでいる。

　親に抱きつく子、子を抱きしめる親。

病人の手を握る、老人の背をさする……。

日常の中で少しでもたがいのからだに触れることが、いかに精神の安定と社会の健全性を支えてきたかを考えると、いま感染症対策として求められている「接触を控える」という行動がなにをもたらすのか、不安になる。

居酒屋（2020・6・1）

いまから20年前に、パリをスタートしてロンドン、アムステルダム、ニューヨーク、ロサンゼルスと、回転スシの店を訪ねて世界一周したことがある。

パリのシャンゼリゼ界隈に、まるで高級クラブのような回転スシ屋があって、世界のセレブたちの人気を集めている……そんな噂を聞きつけて、新しい食のトレンドを探ろうと取材に出かけたのだ。

いまは日本料理が世界的な人気で、スシ、ラーメン、和食の店があらゆる地域に進出している。カレーやトンカツや弁当も日本独自の食文化として理解され、欧米でもアジアでも受容されるようになった。

UFOのようなかたちの透明な蓋を被せた皿の上に、ロボットが握るカラフルなスシが乗って、無限に回転するコンベアの上を音もなく流れていく……。

20年前にはじまった欧米の回転スシブームは、古い歴史をもつ伝統の食文化を、最新のテクノロジーを用いて遊び心に溢れたパフォーマンスに昇華したアイデアが評価され、その後の日本料理の世界進出に大きな勢いを与えた。

スシが世界に広まる中で、欧米人がナマの魚を食べないというのは単なる思い込みであったことが（欧米人自身にも）分かり、また、客が見知らぬ他人と横並びに座って料理中のシェフと対面するという、これまで欧米にはなかったスタイルが新しいレストランの形態として注目された。

私がインタビューした欧米の回転スシ経営者は、スシという食べものだけでなく、これまで日本にしか存在しなかった（ということに日本人のほとんどが気づいていない）飲食業の業態に注目していた。

そんな彼らが、次に来るトレンドとして口を揃えて挙げたのが「イザカヤ」だった。

夜遅くまで営業していて、酒も飲めれば食事もできる、豊富なメニューを個人でもグループでも楽しめ、ときには酒を飲めない子供まで含めた家族でも行ける、リーズナブルな価格のカジュアルなレストラン。

そんな業態は、アメリカにもヨーロッパにも存在しなかった……。

昭和の匂い（2020・6・8）

会社が終わっても真っ直ぐ家に帰らず、仕事仲間と居酒屋で一杯やってコミュニケーションをはかる。大事なビジネスの相手は料理屋で接待し、食事が終わったら夜の街へ繰り出して女性のいるクラブへ……。最近の若い世代は変わってきたようだが、それでもまだ日本のサラリーマン社会には「昭和の匂い」が残っている。

私は若い頃フランスから来るビジネスマンの通訳をしていたが、彼らがいちように驚くのは日本の男たちの「夜遊び」だった。週日の夕食を家族といっしょに食べないなんて彼らには考えられもしないことで、もし妻に電話もせずに飲んで遊び、夜遅く帰るようなことが月に2日もあったらフランスでは離婚されてもしかたがない。そう言って、日本の男たちはなんて自由なのだろうと羨（うらや）ましがった。

フランスでは、ビジネスの相手とはレストランでランチを食べながら交渉する。とくに大事な相手は自宅へ夕食に招き、夫婦で食卓を囲んで接待する。レストランで夕食を摂る場合も、食事は8時頃からスタートして3時間近くかかるから、そこで食後酒を飲むことはあっても、河岸を変えて夜の街へ飲みに行くことはない。

レストランは夕食時間が終われば閉店する。カフェでも酒は飲めるが、夕食を出さないのがふつうだった。私が回転スシの取材に出かけた20年前、経営者たちが日本の居酒屋に注目したのは、観光客の増加や女性の社会進出に対応する新しい業態を模索していたからだ。実際、最近はパリにもワインバーのような店が増え、多くのカフェでは夕食も提供するようになって、少しずつ「イザカヤ」化が進んでいる。

いまはコロナ禍で、フランスではカフェもレストランも休業中。日本でも「居酒屋」と「接待を伴う飲食店」が苦境に立たされている。

こんな状態が2年も続けば、日本の男たちにも行動変容があらわれて、サラリーマン社会の「昭和の匂い」にも変化があるだろうか。

甘いもの（2020・6・15）

食後には、なにかしら甘いものが欲しくなる。

洋食でも和食でも、コース料理はデザートで締めるのがならわしだ。最後に甘い味を舌の上に残すことで、これで食事が終わった、という終了感と満足感が得られるからだ。

私が毎日つくる夕食はそんな大層なものではないが、それでも食べ終わった後（ということはワインを飲み終わった後）はいつも、なにか甘いものはないかと探している。土産にもらったお菓子、袋に残っていた甘納豆……どんなものでも、ひとかけらでも構わない。

空腹のときに糖類や炭水化物を摂ると、血糖値は急激に上昇する。が、野菜や肉や魚を少しずつでも食べた後なら、甘いものを食べても血糖値はたいして上がらない。私は血糖値を管理しているので、できるだけ糖分の摂取を控えているのだが、食後だけは多少の罪悪感とともにデザートを楽しんでいる。

罪悪感といえば、砂糖をめぐる歴史には心が重くなる。

インド原産のサトウキビからつくる砂糖は、中世までは東洋の商人が交易を独占し、欧州諸国では銀と同じ値段で取引される貴重な香料だった。

伝説ではコロンブスが西インド諸島にサトウキビを植えた最初の人とされるが、16世紀以降高値で売れる砂糖を自国の植民地で栽培しようと、各国は競って新大陸に農園と工場をつくり砂糖を増産した。増産によって価格は下がったが、そのため一般の国民にも手が届くようになり、消費量が急増して砂糖生産はさらに儲かる商売になった。

サトウキビを搾って煮詰める工場の環境はあまりにも過酷なので、最初は現地の先住民を安い労働力として使ったが、死者が続出して跡が絶えてしまった。そこで強欲な植民者たちは、アフリカから奴隷(どれい)を「輸入」することを思いつく……17世紀半ばからの200年間に、1千万人の黒人がアフリカ西海岸から消えたという。

アメリカをはじめとする先進国の肥満と、アフリカの貧困と黒人の悲劇は、すべて砂糖からはじまったのだ。

予測(2020・6・22)

ダイヤモンド・プリンセス号が話題になりはじめた2月頃から、ずっとテレビのニュースとワイドショーを見続けてきた。

雑多な情報でも過剰に収集するとその中にある正確な姿が見えてくるもので、3月の中頃になると、おぼろげにその後の状況を予測することができるようになった。

日本の新型コロナウイルス感染者の数は4月15日前後にピークを迎え、6月15日頃にはおおむね収束する……。PCR検査を巡る言説の対立や政府自治体の対応など想定外のことも多かったが、感染者の数については上記の予測がほぼ当たった。

　これからは、ときどきあちこちで小さなクラスターが発生することはあっても、日常は確実に戻っていくだろう。新しい生活様式といわれるものも、一部は残るが、淘汰されるものもあると思う。家族や仲間がいつまでも横向きに並んで、話もせずに食事をするわけにはいかないのだから。

　コロナ禍で明らかになったことは、昭和の時代まではなんとか機能していた日本の統治システムが、いまや悲惨なほど時代遅れになっていたことだ。

　すでに指摘されてきたことだが、高度成長の成功体験から抜け出せない（どころか、夢をもう一度と願ってさえいる）「昭和の匂い」をまとった世代の人間とその組織が一掃されない限り、ＩＴも使えず女性も活躍できず、合理的な政策決定もできないまま、日本は世界が迎える新しい時代から取り残されていくだろう。

　コロナ後の世界はどう変わるか。いわゆる第２波がどうなるにせよ、いまは必要以上にウイルスを怖れている気分が、のど元過ぎれば熱さを忘れ、日本人はうまく対処しているから大丈夫、といいわれのない過信を抱いて、なしくずしに騒ぎは収まっていくのではないだろうか。そのために、気づいてはいても根本からの刷新には手をつけず、見せかけを少し変えただけで、旧態依然のシステムが温存される……。

ウイルスよりも、私はそれがいちばん怖い。

生活観光（2020・6・29）

一年の半分を過ぎた夏至の週末から、ようやく今年の一年がはじまった。

私が経営するワイナリーのカフェとショップは、ゴールデンウィークを含む2週間の休業を余儀なくされ、その後必要な対策を講じて営業を再開したが、なかなか客足が戻らなかった。

それが、6月19日から県境を越えた移動が公に認められるようになると、ようやく東京からの来訪者も増え、ひさしぶりに活気を取り戻した。

ワイナリーを訪ねて、ブドウが育つ風景を眺めながら、そのブドウからつくられたワインを飲む。世界のワイン産地では、ワイナリー観光（ワインツーリズム）が新しい観光のかたちとして人気を集めている。

それは、大型バスを仕立てて観光地に押しかけ、カネとゴミを落としてあっという間に帰っていくマスツーリズムとは異なり、少人数で時間をかけ、ひとつの地域で複数のワイナリーを巡る滞在型の観光である。

ワインづくりは農業だから、ワイナリー観光は農業の現場を訪ねる旅でもある。ということは、その土地における人びとの自然との付き合いや日常の暮らしを知る場でもあり、私はこういう観光の形態を「生活観光」と呼んでいる。

従来の観光では、受け入れる観光業者は揉み手をして客を迎えるが、バスが去って行くと横を向いて悪態をつく。

ところが生活観光では、ある土地を訪ねた者は、そこで暮らす人と話を交わす中から、たがいの暮らしの違いへの興味が芽生え、次は受け入れ側にまわる可能性が高くなる。だから、客と受け入れ側が相互をリスペクトする、対等で持続可能な関係が生まれるのではないか。

私はそう思って、マスツーリズムから生活観光への転換を唱えてきた。ワイナリー観光は、その無数にある生活観光のひとつである。

モランディ（2020・7・6）

ジョルジョ・モランディという画家がいた。

1890年イタリアのボローニャに生まれ、終生故郷の町を出ることなく、ふたつの世界大戦をはさむ激動の時代を、世間から遠く離れて生き抜いた。

興亡する芸術運動にも、ファシズムをめぐる政治論争にも背を向け、自宅の小さなアトリエに引き籠って、ベッドの前の台に壺（つぼ）や花瓶や造花を並べ、同じモチーフを繰り返し飽きずに描き続けた。朝の光の中でふるえるような、品のいい色合いの作品を知る人も多いだろう。

ボローニャにあるモランディのアトリエを、私は二度訪ねたことがある。最初のときは自宅の建物が公開されており、二度目はモランディ美術館という別の建物に移されていたが、飾り気のない、いかにも質素な部屋だった。この部屋で、毎日朝早くから画布に向かい、死ぬまで静謐（せいひつ）な日常を営んだのだ。

私は絵を描くようになってから、死ぬときはモランディのように、世俗から離れて好きな絵を描きながら、自分ひとりの世界に沈潜したまま逝きたいと、ひそかに憧れを抱いていた。とはいえ私の絵にはそれほどの価値があるわけでもなく、来客やら出かける仕事やら、世間の雑用がいろいろあって、プロの絵描きのような晩年を送れることはないだろうと思っていた。

ところが、3ヵ月ほど前から突然、「モランディの晩年」がやってきたのである。

朝食を済ませるとすぐアトリエに籠り、昼までに4時間半。昼食後1時間ほど昼寝をしてからまた3時間。5時からは夕食の支度にとりかかるが、寝る前にはグラスを片手にまたアトリエで絵の前に座っている。

人と会う約束はない。出かけて行く仕事もない。頭の中は、いま描いている絵のことだけ。まさかコロナのおかげで、こんな幸福な日々が過ごせるとは考えてもいなかった。

モランディは、生涯独身のまま3人の妹たちと暮らし、74歳まで生きた。

私は、妻とその妹と3人で暮らし……あれ、気がついたらもうモランディが死んだ年齢になっている。

自画像（2020・7・13）

フェイスブックもツイッターもやったことがない。インスタグラムやティックトックとは無縁だし、ユーチューブさえ自分から見ようとしたことはない。ラインは周囲があんまり奨めるので一度だけ入ったことがあるが、登録した途端に十数人からコンタクトがあり、よく知らない人もいたし、知ってはいるがとくに付き合いたくない人もいたので、即刻止めた。

もともと電話をかけるのが苦手だから、顔を見ながら話したいとも思わず、スカイプもズームも利用しない。連絡はすべて文章をメールでやりとりすれば済むと思っている。

外出自粛で自宅にいる人は、オンラインで繋がるのがうれしいらしい。が、私にはその「人と繋がりたい」という感覚がよく分からない。

かれこれ4ヵ月以上、ほとんど人と会っていないが、人が恋しくなることはなかった。もちろん、自宅の暮らしでも妻や妹や会社のスタッフが身近にいるので、日常の会話はふつうにあり、決して鬱になって引き籠っているわけではないのだが、それ以上誰かに会いたいと思ったことは一度もない。

それどころか、人と会わなくてもよい、というこの状態が、自分でも不思議なほど甘美で快適で、このまま永遠に続けばよいと思うようになっている。私は、こんなに「人嫌い」な人間だったのか……。

子供の頃からひょうきんで、学生のときもつねに友だちがまわりにいた。が、思い出してみると、悩みがあっても誰かに打ち明けたとか、相談に乗ってもらったという経験はない。人に囲まれて楽しく過ごす時間は好きだが、みんなが去ってひとりになってからの時間のほうがもっと好きだった。

ひとつひとつ、昔を思い出しながら考えている。おまえはいったいどういう人間なのだ。

冬になったら、自画像を描いてみようか。

自分の顔を凝視しながら、これまでの人生を振り返り、なにがいまの自分をつくってきたのか、ひとりで考えるにはよい機会だ。

ジャガイモ掘り（2020・7・20）

雨が上がったのでジャガイモを掘った。

このあたりではジャガイモの収穫は梅雨の終わり頃になるので、湿った地中でイモが腐る前に、タイミングを見て一気に収穫する。

私たちが農園を開いてからしばらくした頃、ちょうどいま頃の時期に、東京から知人の一家が訪ねてきたことがある。畑仕事を手伝いたいというので、その日にジャガイモを掘ることにした。

小学生の子供は、土に触るのは嫌だと言って、家の中でテレビゲームに夢中だった。親は説得を試みたがあきらめ、自分たちだけ野良着に着替えてジャガイモを掘りはじめた。

ジャガイモは最初に植えた種イモから、地中で子供たちを増やしていく。収穫のとき、ごく稀にだが、その最初の種イモがわずかに姿を保っていることがある。

黒く、萎（しな）びて、見る影もなく小さくなった親イモが、元気な子イモたちの陰に隠れるようにひっそりと残っている。

私がそれを指差して、これが親イモの姿ですよ、と言うと、それまで勢いよくイモを掘っていた母親が一瞬固まったように手を止め、これ、子供に見せなくちゃ、と言って、家のほうへ一目散に走って行った。

ほら、よく見なさい。これがあなたを育てた母親の姿よ。

無理やり手を引っ張って連れてきた子供に、彼女はほとんど泣きそうになりながら、最後は独り言のようにつぶやいた。こんなに、ボロボロになるまで頑張って……。

もう20年以上も前のことになるが、いまでもジャガイモを掘るたびにこの日のことを思い出す。

昨年の秋、彼女の訃報を受け取った。あの日以来ほとんど会う機会がなく、近況はまったく聞いていなかったので、その知らせは突然だった。

今年のジャガイモは、春に低温が続いたせいか、少し小ぶりのものが多かった。

掘りながら目を凝らして探したが、親イモの残骸は、どこにも見つからなかった。あの子は元気に育ってくれただろうか。

画像診断（2020・7・27）

4ヵ月ぶりで上京した。病院の検査のためである。

肝炎が薬で治った後に肝臓ガンが発生したことはすでに書いたが、その宣告からちょうど4年が経過した。

午前中に血液の採取とＭＲＩの撮影をおこない、結果が出るまで3時間ほど待ってから先生の診断を受ける。もしガンが見つかれば、即入院の手続きをしなければならない。

入院して手術を受けた回数は、最初の2年が各2回、次の2年は各1回。昨年の7月を最後に新しいガンの発生はないので、今年からは検査も3ヵ月に1回から4カ月に1回でよいことになった。

時間が来て看護師さんから呼ばれ、先生の診察室に入る。

先生はパソコンの前で、モニターに映る肝臓の断面を、絶えず変化させながら眺めている。

私の位置からも画面は見えるが、写っている画像のどこを見ればなにが分かるのかまったく見当もつかないので、ひたすら先生の言葉を待つしかない。

先生は無言で、なかなか言葉を発しない。ときどき、いったん見た画像に戻って、溜め息をついたりする。心臓に悪い。

死ぬほど長い時間が過ぎた後に、といっても10分間くらいだと思うが、先生はようやく口を開いた。

「ま、今回は大丈夫かな」

やった！　これで丸一年入院ナシのまま5年目に突入だ。

ふつうは短い結果の宣告だけで診察は終了するのだが、今回は先生が珍しく繰り返し画像を見ながら感想を口にした。

「最初の頃は、こんなに保つとは思わなかったね」

たしかに最初のガンは3センチもあったし、その後も次々に発生し、針を通すのが難しい箇所の施術もたびたびあった。先生はその痕跡をひとつひとつたしかめながら、この4年間を回想しているようだった。

幸運に恵まれて、私はここまで生きることができた。せっかく生かしてもらった命なのだから、心して大事にしなければいけないだろう。

うれしいというより、私はいつになく神妙な気持ちで病院を後にした。

寿命の計算（2020・8・3）

数え42歳の厄年に、輸血からC型肝炎にかかった。

肝炎は発症から半年くらいで治れば急性、1年程度長引くと遷延性、それ以上治らないのが慢性と呼ばれるらしい。

私の肝炎が慢性であることが分かったとき、このまま行けば自分は70歳前後に死ぬだろうと想像した。

当時は、どの本を見ても、肝炎が10年続けば肝硬変になり、肝硬変は10年続けば肝ガンになり、肝ガンになればやがて死に至る、と書いてあった。「やがて」が何年を示すのか分からないが、保ってせいぜい5、6年と考えれば、だいたい70歳が私の寿命だろう。

ずっとそう思って生きてきたのに、慢性肝炎は25年以上経過しても肝硬変にならず、70歳のとき新薬で突然完治した。

私の寿命計算はそこで狂ったが、長年の肝炎と縁が切れてよろこんだのも束の間、こんどは肝臓にガンが発生した。

肝硬変というプロセスを飛ばして一気にガンになったのは想定外だったけれども、医師からそう宣告されたときは、いよいよ来るものが来た、これで寿命の計算も帳尻が合いそうだ、と静かに受け止めた。

そのときは、あと2年と覚悟した。享年72。2年なら、好きなことをして過ごせばよい。どうせ死ぬのだから、健康に注意する必要もないだろう。それはそれで気がラクで、清々しい気分だった。

ところが、ガンは頻発したがしだいに治まり、名医のおかげで4年も生き延びた。この秋で私は75歳。いよいよ後期高齢者の仲間入りで、この先どのくらい生きるのか、予想が難しくなってきた。そうなると、残り少ない余生だからなにをしてもよい、というわけにもいかなくなった。

同級生の老人が集まると、いずれ俺たちは死んでいくのだから、人工呼吸器は若い人に譲ってもいいよね、などと言うのだが、新型コロナは苦しそうなのでかかりたくない。かといって健康ばかり気にして食べたいものを我慢するのも嫌だし……。

先が見えない将来を悩むのは若者の特権だとばかり思っていたが、人生100年時代の老人は50年を経た若者なのだ。

夏の太陽（2020・8・17）

果てしなく降り続く雨がやんで、ようやく夏の太陽が戻ってきた。

今年の梅雨は、本当に長かった。それも連日の強い雨。いたるところで水が溢れ、草を踏めばその下の土から水が染み出した。ジャガイモやニンジンなど土の中にできる作物は軒並み不作で、プルーンやブルーベリーなどこの時期に旬を迎える果物も全滅に近かった。

関東甲信越地方の梅雨明けは8月1日。梅雨明け後もしばらくは太陽に勢いがなかったが、1週間くらい経って本格的な猛暑が到来した。

もしも東京オリンピックが最初の予定通りに開かれていたら、競歩とマラソンの日程がいちばんの暑さに見舞われたことになる。男女のマラソンがおこなわれる最終の土曜と日曜は、東京では早朝から26~27度。札幌の朝は20度くらいだった。20度でもマラソンに適した気温とは言えないが、それでも東京でやるよりはましだろう。

ちなみにパリでは7月31日に40度を記録し、その後も最低気温25度、最高気温35度の暑さが続いた。2024年のパリも心配である。

本来なら、毎日オリンピックのニュースで大騒ぎしていたはずの2週間。人びとの関心は、まったく別のものに占められていた。これからやってくるパラリンピックの期間も、相変わらず同じ話題が続くだろう。新型のウイルスは次々と安易な期待を裏切り、長期化の様相は誰の目にも明らかになってきた。

終戦の日から75年。今回のコロナ禍への対応や反応を見ていると、日本という国は国家の統治システムも国民が抱く心性も、戦争をしていたあの頃とたいして変わっていないことがよく分かった。

願わくは、夏の太陽が容赦なく照りつけることだ。秋の収穫まで時間があるコメやブドウは、気温が高ければ高いほど登熟に必要な積算温度が上がり、梅雨の間の日照不足を取り戻すことができる。経済が壊滅的な打撃を蒙る中で、せめて農業だけは健全な一年であってほしい。

最高気温（2020・8・24）

願わくは、夏の太陽が容赦なく照りつけることだ。

……と書いたら、本当に容赦なく太陽が照りつけて、酷暑の夏休みになってしまった。おかげで畑のブドウは生気を取り戻したが、こんどは人間のほうが参っている。

夏の暑さが話題になると、かならず思い出すことがある。私は小さい頃から文字が書かれた積木で遊んでいて、5歳のときには簡単な漢字くらいは読めるようになっていた。毎朝、新聞が届くと、大きな見出しを声に出して読み上げる。

もちろん読めない漢字は飛ばしながらだが、そのときは全部読めたのだと思う。目に入ってきたのは「38度線突破できず」という見出しだった。

1951年8月。私が小学校に上がる前の年だが、朝鮮動乱の真最中で、南北朝鮮が北緯38度の境界線をめぐって激しい攻防を繰り返していたときの新聞である。が、私はその見出しを読んだとき、そうか、こんなに暑いのに、38度までは行かなかったのか、と思ったことをよく覚えている。

調べてみると、この年の東京は、8月10日に36・4度という最高気温を記録している。その新聞は、8月11日の朝刊だったのかもしれない。

酷暑、という言葉で思い出すのは、私たちが信州の里山で農業をはじめて3年目に当たる、1994年の夏である。前の年は梅雨も明けずに冷夏が続き、コメが不作でタイ米が輸入された年だった。が、翌年は一転して酷暑の夏となり、ただでさえ雨の少ない今の土地では、梅雨入り最初の日から秋分の日までほぼ一滴も雨が降らなかった。

1994年は、8月3日に東京の最高気温が39・1度を記録した。これが歴代2位の記録であり、1位は2004年7月20日の39・5度だという。

たしかに近年は年を追うごとに暑くなっているような印象を受けるが、異常な気象はずいぶん前からあったのだ。

1994年のトマトは、高温と乾燥で一部に病気が出たが、味わいの濃さはこれまでのうちで最高だった。

ともに生きる人（2020・8・31）

この半年ほど外出する機会はめったにないが、ときどき、訪ねてくる古い友人や知人と会食をすることがある。

昔はよく人を招いてパーティーをやったものだが、いまは毎日の総菜をつくるのが精一杯なので、客が来たときはワイナリーのレストランで食事をする。

自宅の玄関から店の入口までは、歩いて1分もかからない。が、私にとっては台所仕事を休める楽しい外食である。

店の前にはアルコール消毒のスタンドとサーモグラフィーが置いてあり、店内はテーブルの間隔が広く、窓からはきれいな空気が入るのでコロナ対策は十分だが、それでもマスクを外して食卓を囲めば感染のリスクはゼロではない。

テーブルは1辺約75センチの正方形。アクリル板を置くスペースがないので仕切りはない。やむを得ない措置だが、仕切り板越しに対面したり、目を合わせず横を向いて食べたり、無言で食卓を囲んだりするのは会食の範疇に入らないだろう。

フランス語では、食卓を囲む会食者を、「ともに生きる人」と呼ぶ。

人生におけるある一瞬に、数人の仲間があるひとつの場所に集い、ワインを飲んで、食事をしながら、楽しく語り、おおいに笑う。それは、それぞれが生きていることをたがいにたしかめ合う、もう二度と訪れることがないかもしれない、一期一会の出会いなのだ。

私たちは「ともに生きる人」を、慎重に選ばなければならない。いっしょに食事をして楽しい人、心から気を許せる信頼のできる人、万が一この会食で新型コロナに感染したとしても、しかたないか……と受け入れることができる人。

フグがおいしいのは、食べると当たる、というスリルがあるからだと言う人がいる。フグはいまでは（わざわざ肝でも食べない限り）安全な魚になっているが、こんどはマスクをつけない会食が、新たなトキメキを感じさせる。

これまではあまり深く考えることのなかった「会食者（ともに生きる人）」という言葉が、急に重みを増してきた。

会食と会話（2020・9・7）

名著『美味礼讃』をあらわした19世紀フランスの食通ブリア=サヴァランは、

「客を招待する場合は10人以下で、たがいに初対面の挨拶を交わす必要のない程度の知り合いが望ましい」

と言っている。

あまり多くの人数がひとつのテーブルを囲むと、大声を出さないと端まで声が届かないので会話が二手（ふたて）に分かれてしまう。

また、たがいによく知っている者どうしでは、内輪の話題に終始しがちで面白みがない。かといって、まったくの初対面だと話題の選びかたが難しい。

会食の楽しみは会話の楽しみである。食事をしながら、ワインを飲みながら、2時間も3時間も食卓を囲んで機知に富んだ言葉のやりとりを楽しみ、さりげない気遣いでその場を和ませる。ともに食卓を囲むことは、人付き合いの技術とコミュニケーションの能力を身につける社交の場だ、というのがサヴァランの考えであり、実際多くのフランス人が、会食では会話の楽しさが料理の価値を上回ると考えている。

その点、日本人は料理を論評するのは得意だが、会話を楽しむのは不得意だ。若者が未熟なのはやむを得ないとしても、いい歳の大人になっても会社と仕事仲間の話題しかないサラリーマン、自慢話やセクハラまがいの言葉がつい出てしまうお父さん。大人数で酒が入れば無礼講になり、大声で騒いで高歌放吟……静かにワインを飲みながら会話を楽しむ、という雰囲気からはほど遠い。

日本人はもともと、飯は黙って食え、と教育されてきた。それが、ようやく少しずつ世代が交代して、日本人も食卓の時間を楽しむようになってきた……かと、期待しはじめたところへこのコロナ禍だ。

価値が逆転して、会話をしないで黙って食べる、時間をかけずにさっさと食べる、集まらないでひとりで食べる、といった食事のしかたが、新しいマナーとして公認されたとしたら、どうなるだろう。やっぱり日本のやりかたが未来を先取りしていた、と言ってよろこぶ人がいるだろうか。

竹やぶ（2020・9・14）

暑い日が続いたので、散歩の距離が短くなっていた。

ふつうは朝食の前に犬を連れて、山の上から森に囲まれた道を集落まで下りていき、一周して戻ってくるのが定番のコースである。

が、高原とはいえ朝日が上りはじめると急に気温が上がるので、涼しいうちに散歩を切り上げようと、山の上のブドウ畑のまわりを歩いて済ませるようになって1ヵ月以上が経つ。

犬も暑さが嫌いなのか、散歩が短くなったことをよろこんでいるようだ。自分で先へ先へと歩いてリードを引っ張ることもなく、私が「帰ろう」と言うとすぐ踵（きびす）を返してついてくる。

このままでは運動不足になりそうだ。そう思って、ようやく朝晩が涼しくなったので、ひさしぶりに集落を一周しようと森の中の道を行くことにした。

この道の両側はおもに雑木林で、わずかな木漏れ日を受けてさまざまな花が咲く。マムシグサ、ヒメトラノオ、ホタルブクロ……その他、私が名を知らない野の花が、季節に応じて姿をあらわす。

しばらく見ていなかったので楽しみにして、そろそろヤマハギの花が咲く頃か、などと思いつつ道を下って行くと、途中で妙な違和感に襲われた。

そこは昨年まで毎年白い花を咲かせていたニセアカシアの樹が台風で倒れた跡なのだが、なんと、そのあたり一帯に太い竹が何本も生えていたのだ。

細い笹やクマザサなら以前からあった。が、この山の上は標高が高いからまともな竹は育たないと言われており、七夕の飾りつけのときはわざわざ集落の下のほうまで行って竹の枝をもらってきたものだった。

それが、里山の天辺からそう遠くない場所に、ちょっと見ないうちに直径が6センチもある太い竹が群生している。

地球温暖化とともに竹が生育できる標高も上がってきて、集落の下のほうでは、すでに竹林が繁茂して遊休農地に侵入しているところがある。いずれ、山の上もそうなるのか……突然できた竹やぶが、不気味な侵入者のように見えてきた。

生まれ年のワイン（2020・9・21）

ブドウの収穫がはじまった。

ピノノワールやシャルドネなどは9月後半から、メルローは10月に入ってから。これからの約1ヵ月間は、糖度と天気を見ながらタイミングを計って収穫し、収穫したブドウはすぐ工場に持ち込んで仕込みをするという、1年のうちでワイナリーがもっとも活気づく季節である。

収穫したブドウを満載した軽トラックが何度も畔道を往復し、カフェに入れば階下の醸造所から発酵中のワインの香りが漂ってくる。

去年は雨がお盆のころまで続き、その後も台風が何個もやって来た。が、今年は8月1日から晴天が続き、台風もまだやって来ない。きっと、2020年はよいヴィンテージになるだろう。コロナ禍でカフェやショップの営業は散々な目に遭ったから、せめてブドウがよくできたことに感謝したい。

収穫は社員全員でやる。今年はボランティアを集められないので、部署を問わず手の空いた者は畑に出て手伝いをする。

フランスの友人に聞くと、今年は収穫量が少ないかもしれないという。毎年頼みにしている外国人労働者が、コロナ禍で入国できないからだそうだ。

私が生まれた１９４５年は、20世紀でもベストスリーに入るといわれるヴィンテージだったが、戦争の影響で男たちが畑に戻れず、手が足りなくて収穫しきれなかった。

そのためワインの生産量が少なく、しかも出来がよかったため、後年、稀な高価格を呼ぶことになった。

１９４５年のワインは、私も還暦の年にご馳走になったことがある。60年間保存していたという人が日本にも何人かいて、あちこちで（ワインの）還暦祝いを催したのだ。

ワインは寝かせることで熟成が進むが、あまり長く置いておくと色も香りも褪せてしまう。

よいワインほど長持ちするとされていて、たしかに１９４５年のフランスワインの中には還暦になっても飲めるものがあったが、さすがに75歳の誕生日に飲める生まれ年のワインは、もう残っていないだろう。

100年生きる（2020・9・28）

1945年産のワインはもう残っていないだろう、と書いたら、いや、まだ持っている人がいる、100年経ったら飲もうと計画しているそうだ、という話を聞いた。

私も、100歳のワインを実際に飲んだ、という人に会ったことがある。

歳を重ねるにしたがい、白ワインは色が濃くなって飴色になり、赤ワインは色が薄くなって褐色に近づいていく。その間にコルクはボロボロになるので、途中で新しいものに代えて保存する人もいるが、そういう超高齢のワインは、グラスに注いだ瞬間、フワッとわずかな香気が立ち上ったかと思うとたちまちのうちに消えてしまい、残る液体はスカスカになった残骸のようなもの、というケースが多いようだ。

「素晴らしい、さすがに高貴なワインは、まだ艶（つや）やかな色香を残していましたな」

などとそれぞれに感想を語り合い、空中に鼻を突き出して残り香を追う……というのが超高齢ワインの鑑賞会らしい。

ワインは熟成しておいしくなると言われるが、熟成はごく緩慢な酸化によるもので、酸化が進み過ぎれば腐敗する。すなわち熟成と腐敗は紙一重（かみひとえ）で、どこから熟成が腐敗に変わるかは分からない。10年で腐敗を感じさせて飲めなくなるワインもあれば、30年経ってもまだ熟成を続ける力強いワインもある。

私は、最近ときどきテレビで見かける、あるコマーシャルが気になっている。ヒマワリの畑にひとりの少年があらわれて、

「100年生きるって幸せですか」と問いかける、生命保険会社のCMだ。見るたびに私は、どう受け取ったらよいのか分からず不安になり、花のあいだからヌッと出る少年の顔が、なんだか不気味に見えてくる。

はたして、100年生きることは幸せなのだろうか……。

もし自分が100歳まで生きたとしても、もうとっくに熟成は終わっていて、腐敗が進んでいるのではないだろうか。

ブドウの当たり年に生まれた人間は出来が悪い、という諺がフランスにはあるという。

柱時計（2020・10・5）

仕事場や寝室には新しい電波時計を掛けたが、居間の柱時計は30年前から同じものを使っている。放っておくと1週間に5分くらい進むのだが、文字盤を覆うガラス板は何年も前に壊れ

て捨ててしまったので、指で直接針を動かして時刻を直すことができて便利である。

子供の頃、家にあった柱時計は、かならず10分だけ針を進めておく決まりだった。誰かが気を利かせたつもりで正確な時刻に直すと、「誰だ、正しい時間に直したのは！」と父親が叱ったものだった。

時計が示す時刻がいつも正しいと認識されるようになったのは、1970年代以降、クォーツ時計が一般に普及してからのことである。それ以前は、時計は自然に遅れるものとみんなが思っていたので、どの家でも柱時計は10分か15分進めておくのが常識だった。

子供心にも、いつも10分差し引いて考えるなら、最初から正しい時刻に合わせておいても同じではないか、という疑問を抱いたが、口に出しては言えなかった。

もし言ったとしても、10分進んだ時刻を正しい時刻だと思って早め早めに行動するように、と説教されたことだろう。いまと較べればずいぶんのんびりした時代だったはずだが、日本人の勤勉と律儀はその頃から用意されていて、それが1970年以降の経済発展に繋がっていったのだ。

1964年の東京オリンピックと1970年の大阪万博を境に、日本の社会と日本人の生活は大きく変わっていった。

現在の私たちのライフスタイルは、大阪万博以降の四半世紀の間にかたちづくられ、その後の四半世紀をかけて洗練、深化させていったもの、と考えてよいだろう。その流れが、50年後のコロナ禍で、どう変わろうとしているのか……。

居間の柱時計は、さすがに古くなったので新しいのに代えようかと思い、すでに電波時計を買ってあるのだが、取り換えるとなにか大事なものが失われそうで、そのままにしている。

万博（2020・10・12）

50年前の大阪万博のときは、インバウンドツアーの通訳ガイドとして働いていた。

東京見物を終えてからバスで鎌倉へ行き、大仏を見て中華料理で昼食を済ませた後、その日は熱海の旅館に一泊する。

旅館では全員が浴衣（ゆかた）を着て野球拳の真似事をする「ゲイシャパーティー」で盛り上がり、翌朝は熱海から新幹線に乗って、ラウンジにある速度計が200キロを示すところを見せるのが決まりだった。

東京での観光コースは、皇居前広場と明治神宮と代々木のオリンピックプール。浅草や東京タワーに寄るツアーもあるが、格安コースの定番はその3ヵ所だった。

代々木ではここがオリンピックの水泳会場でした、と言ってプールを見せるだけなのだが、当時の日本人が新幹線やオリンピックをいかに自慢したかったがよく分かる。

新幹線で京都に着くと、平安神宮を見て近くのハンディクラフトセンターで土産品を買う。ここでは武術や書道や生け花などの実演ショーも見せる。

京都では、二条城を訪ねてサムライの生活を解説するのが定番。あとは祇園を歩かせれば、お寺をいくつも見せなくても外国人観光客は満足する。

そうして京都観光を終えた後は、大阪の万博会場までバスで送り届けて、われわれ通訳ガイドの仕事は終わりだった。そこから先は、代理店のスタッフが空港まで運んでくれる。

仕事を終えたガイドたちは、会場の一角に設けられた乗務員用の休憩所で休んでから帰るのだが、中のパビリオンを見ようと思えば見ることはできた。

が、私は、少なくとも5回か6回は万博会場まで行ったにもかかわらず、一度も中を覗くことなく帰ってきた。

私は、そもそも万博にはまったく興味がないのである。

オリンピックもテレビでは見るが、東京でやっていても会場まで出かけようとは思わない。お祭りが好きでない、人混みが嫌い、喧騒の輪から離れていたい……という私の性（さが）は、どうやら生まれつきらしい。

回想録（２０２０・10・19）

私は、けさ、１８３２年10月16日、ローマのジャニコロの丘の上、サン・ピエトロ・イン・モントリオ教会にいた。素晴らしい天気だった。あるかなきかのシロッコの微風が、アルバノ山の上方に幾片かの小さな白雲を漂わせて……

という長い風景描写の後に、

「やがて私は50歳になる。まさに自分を知るべきときだろう」

と書くのがスタンダールの自伝的回想録『アンリ・ブリュラールの生涯』の冒頭だ。

私はかねてから、いつか回想録を書くときは、この冒頭を真似したいと思っている。

私は、２０２０年10月8日、75歳の誕生日を迎えた。

スタンダールの時代には、50歳といえばもう立派な年寄りだった（彼は59歳で没）。現代に換算すれば、後期高齢者となる75歳に相当するだろうか。

思いがけないコロナ禍で、自分の暮らしや人生を振り返る気分になった人も多いと思う。

私もそのひとりで、これを機に回想録……と名乗るのはおこがましいが、自伝的エッセイのようなものを書こうかと思っている。もともと自分に起こった出来事をエッセイのネタにするのが私の仕事だが、これまでは散発的に書いてきた個人的なエピソードを、まとめて本にするのも悪くないだろう。

この2年間、毎週1本のコラムを書いてきた。わずか800字あまりの短い文章だが、締め切りが来るのが待ち遠しかった。今度はなにを書こうか、テーマとタイトルはつねにいくつか思い浮かべているが、書きはじめるのは締め切りの日の朝である。

800字を書くのに、約1時間。それから字句を推敲して仕上げるのに、もう1時間。書いているうちにテーマが変わったり、予期しない方向に進む話に戸惑ったりしながら、最後は短い枠にピタリと収めるコラム書きの楽しさを堪能した。

回想録と言えば長文の作品になるが、せっかくできたこの習慣を利用して、これから2、3年の間、毎週1本短いコラムを書き続ければ、自伝くらいの分量になるだろうか。

アレルギー（2020・10・26）

毎年、夏の終わりから秋にかけて、うちのピノ（シバ犬メス8歳）はアレルギーに悩まされる。今年はとくにひどく、一日中休みなく足で顔や腹を掻くのであちこちの毛が抜け落ち、目は涙とヤニでぐしゃぐしゃ……という状態が長く続いた。テンションも低く、食欲もないし散歩にも行かない。

原因は、ブタクサなどの雑草らしい。獣医の先生の話によれば、今年は例年よりアレルギー症状を訴える犬が多いそうで、シバとレトリバーはその割合が高いという。

田舎では、あたりはどこも草だらけ、道路を散歩させていても用を足すときは草むらに入るから雑草アレルギーは防ぎようがないが、ふだんから外に繋がれている犬は症状が軽く、家の中で飼われている犬ほどひどいそうだ。

実を言うと、私もブタクサのアレルギーだ。

私のアレルギー歴は長く、フランスから帰って数年後、20代のなかばからはじまった。春先に鼻水やくしゃみが止まらず微熱まで出たので医者に行くと、原因は不明で、からだはどこも悪くない、と言われた。まだ花粉症という言葉が知られていなかった時代である。

それから半世紀、私のアレルギーは続いている。前半の25年間は春のスギ花粉。50代以降はスギよりブタクサやヨモギに対する反応が強くなり、春より秋のほうが辛くなった。

が、加齢とともにどうやらそれも峠を越えたようで、70歳を過ぎる頃から明らかに反応が鈍くなった。

ピノは、相変わらず夜になると私のベッドに上って来る。かわいいからいっしょに寝るのは構わないのだが、そこで顔や腹を激しく掻かれると、足の振動が伝ってきて私が眠れない。

さいわい、ピノの症状は抗生物質と痒み止めの薬で2週間もすると改善し、10月も中旬に入ると急に寒くなってブタクサの影響もほとんどなくなった。

私の鼻水も収まり、ようやくいっしょに熟睡できる秋の夜長が訪れた。

ザクロ（2020・11・2）

ザクロが届く季節になった。

割れた果皮から赤い実が覗くザクロは、私が好んで描く画題である。が、家の周囲では標高が高過ぎて育たないので、下のほうの町に住む知人が毎年届けてくれるのだ。

枝を切ったばかりの、まだ緑色の葉がついた実をいくつか並べて、最初の絵。

そのうちに葉は萎（しお）れるが、まだ赤い実には光沢があるので、2枚目の絵。

描き終わったら日陰に干して乾燥させ、冬の間のモデルとしてとっておく。

ザクロの絵は、好きな人が多い。中にはその赤い実が血や火事を連想させるとして忌む人もいるようだが、魔除けになるといって玄関に飾る人も少なくない。

ザクロはたくさんの実を体内に抱えていることから多産と豊穣の象徴とされ、子宝に恵まれるように、と願ってザクロの絵を求める人もいる。

実際、何年も子供のできなかった夫婦が、私が描いたザクロの絵を家に飾ったらほどなく妊娠した、と言って報告に来たことがあった。もちろん単なる偶然に違いないが、そういうケースが二度もあったから、ひょっとすると、ひょっとしたのかもしれない。

私たち夫婦は、子供を持たない。

子供ができなかった、のではなく、最初からつくろうとしなかった。

その理由は簡単には説明できないが、同じ母親と異なる父親の間にできた男ばかり8人兄弟の末っ子に生まれたという、私の出自に関わっていることは間違いない。

私は小さい頃から、親とか兄弟とか家族とかいう、強制的な人間関係から逃れたいとつねに願っており、長じて人を愛するようになってからも、結婚を前提に付き合う相手には最初からその意志を伝えていた。

子供を持つことではじめて見える世界があることは承知しているが、子供を持つことで見えなくなる世界もあるだろう。

少なくともいまの私は、子供を持たなくて正解だったと思っている。

パリ風景画（2020・11・9）

相変わらず、ほぼ毎日、朝からアトリエに籠って絵を描いている。

春から秋まではおもにガーデンから手折ってきた花を写生するのだが、さすがに霜月の声を聞く頃になると花の季節は終わり、いまは花に追われてしばらく中断していたパリの風景画を描いている。

花と違って、風景画は写真を見ながら描く。

絵にするつもりで撮ってきた写真を元にして、できるだけ正確に鉛筆で輪郭をたどり、下絵ができたら彩色する。道ゆく人や通りかかるクルマも含めて、街角の風景の一瞬を切り取る、写真のような絵が多いのはそのせいだ。

去年の9月に1週間ほどパリへ行き、絵に使えそうな構図を30点ほど撮ってきた。それをひとつひとつ、その風景に向かい合っていた時間を思い出しながら、細部まで丁寧に描き起こしていく。

9月のパリは、素晴らしい天気だった。カフェやレストランのテラス席は人で溢れ、夜遅くまでざわめきと歓声が響いて、パリの街は心が浮き立つような魅力に満ちていた。

その賑わいが、わずか半年後にぱったりと途絶えようとは、誰も想像していなかった……。

私の風景の中の人物は、ひとりもマスクをしていない。人びとは腕を組み、肩を抱き、挨拶代わりに頬ずりをして楽しそうだ。いまはそんな光景がすべて消えてしまった。

いったん収まったかに見えたコロナ禍が、ヨーロッパではまた深刻になっている。

再度のロックダウン直前のパリのようすを映像で見ると、やはり文化として身に沁みついた習慣はそう簡単には変えられないのだろう、カフェやレストランのテラス席に集まった人びとは、肘を突き合わせて狭い椅子に座り、口角泡を飛ばして……話に夢中になっている。

いくら野外だから換気がよいといっても、これでは感染が拡大するのも無理はない、と思いながら、輝かしかった日の記憶を紙の上に留めようと、去年の風景を描いている。

マスク（2020・11・16）

若い頃、モロッコを旅していて、列車の中でアラブ人の女性と向かい合ったことがある。

座席は6人掛けのコンパートメント（個室）で、乗客は私と彼女の2人だけ。少し離れて斜めに座ったが、手を伸ばせば届くほどの距離である。無関心を装いながらも、なんとなく気になるので視線が行く。

彼女は鼻から下の顔半分を、黒い布で覆っていた。イスラム教の戒律で、女性は顔を人に見せてはならない。頭も布で隠しているから、見えるのは目と眉毛だけ。そのせいか彼女たちはみな目力が強く、私には全員が美人に見えた。

しばらくすると、動きがあった。目の前の彼女が、手もとの袋からサンドイッチを取り出したのだ。たしかにそろそろ昼時だが、いったいどうやって食べるのだろう。

私はことさら見ぬふりをしながら、視線の端に彼女を置いて観察していた。すると彼女は、私を避けるように窓のほうを向いたかと思うと、次の一瞬、顎の下まで垂れている黒い布の先端を左手の指でほんの少し持ち上げ、わずかにできた隙間からサンドイッチの一部を素早く口の中に放り込んだ。

見事な早業だった。なるほどこうやって口元を見せずにものを食べるのか。

もう50年も前の話だが、食べるとき以外はマスクを外すなと言われるようになって、あのときの光景を鮮明に思い出した。

最近、スーパーコンピュータが解析した、口から出る飛沫がどう拡散するかを示す映像をよく目にする。あれを見ると、マスクをせずに大きな声でしゃべると、周囲の人は顔に大量の飛沫を浴びることが分かる。

これまで気づかなかったが、私たちは日頃から大勢の人と飛沫を（ということは唾液を）交換しながら生きているのだ。おお、気持ち悪い！

これではコロナが収まってからも、人と会うときはマスクを外せなくなりそうだ。

みんなが四六時中マスクをしている世の中が続けば、日本の女性たちも目力が強くなって、美人ばかりになるだろう。

鼓腹撃壌（2020・11・23）

漢文の授業で習った言葉のうち、いまでも印象に残っているものがふたつある。

ひとつは、「カワイイ（可愛い）」。可愛いの可は可能をあらわすので、「カワイイ」は「愛することが可能である」という意味になる。だから自分より小さいもの、弱いもの、上から目線で愛でることができる対象を「カワイイ」と表現する。先生はそんなふうに解説した。

最近は、ときに若い女性たちが年上の男性や偉い人を「カワイイ」と称することがあるが、それは対象が自分とは無関係な遠い存在であるとき、一種の揶揄（やゆ）を込めて呼ぶ「上から目線」の変形と言えるだろう。

もうひとつは、鼓腹撃壌（こふくげきじょう）という言葉である。古代の中国の話で、腹の出たおじさんたちが数人、さも屈託なさそうに石蹴りのようなゲームに興じているようすを、やや俯瞰(ふかん)した位置から描いたイラストが添えられていた記憶がある。

鼓腹は、満腹になった腹を満足そうに叩くこと。撃壌は、地面を足で踏み鳴らして拍子をとる様とも、また的に木製の履物を投げ当てる遊戯とも言い、教科書にあった絵は後者の説にしたがったものだろう。

いずれにせよ鼓腹撃壌という言葉は、天下泰平の世の中で、庶民が満ち足りた安楽な生活を謳歌している有様を言う。

出典は『十八史略』。皇帝が市井(しせい)のようすを秘かに見に行くと、人民が政治や為政者のことなどまったく気にせず、無心に毎日の生活を楽しんでいるので安心したという、名君尭帝(ぎょうてい)の善政を物語る故事である。

が、一般には、国民は食糧さえ与えておけば（経済さえ回っていれば）文句は言わないものだ、政治や政治家のことを意識させなければ政府がなにをやっても通ってしまうという、

「依(よ)らしむべし知らしむべからず」

を意味する言葉として使われる、と教わった。

日本では、政治にあまり興味のなさそうな女の子が、総理大臣をつかまえてカワイイと言うらしい。そう聞くと、私は反射的に鼓腹撃壌という言葉を思い浮かべる。

帆足計（2020・11・30）

「うちは帆足計（ほあしけい）に入れるのよ」

子供の頃、母親がよくそう言うのを聞いた。姓は帆足、名は計。変わった名前だが、いまでも突然、なんの脈絡もなくこの名前が頭に浮かぶことがある。

帆足計は、大分県出身の国会議員。左派社会党の重鎮として1952年から67年まで旧東京4区から出馬し、連続7期当選している。私たち一家は戦前から1967年まで旧東京4区に含まれる杉並区に住んでいたので、きっと選挙ではかならず彼に投票したのだろう。

日本画家だった父は、若い頃から反権威的な志向があり、反体制運動に関わる学者や演劇人などと交わっていた。だから戦前から改革官僚として活躍していた帆足計の存在をよく知っており、立候補したら彼を応援するつもりだったのだろう。

「うちは帆足計に入れるのよ」

という母の言葉は、1951年に死んだ父が、遺言のようにそう伝えたのかもしれないと想像させる。

私自身は、岸（信介（のぶすけ））内閣が総辞職した1960年の安保闘争のときはまだ中学生、70年のときはフランス留学中と、学生運動とは無縁に過ごしてきたものの、どこかで父や母の影響を受けてきたのか、総選挙では一貫して野党の候補に投票してきた。

が、それなのに、いまでも政府を批判したくなるときに思い出す、消すに消せないトラウマがあるのだ。

それは小学校の卒業文集で、「尊敬する人」の項目に「岸首相」と書いたことだ。ちょうど第一次岸内閣が発足した直後で、新聞などで新首相が「そつがない秀才」と持ち上げられていたのを見て、自分もそうなりたいと思ったのかもしれない。小さい頃から「おっちょこちょい」「ミスが多い」と母親に叱られていたので、なにをやらせても手抜かりのない完璧な秀才、という人物像が理想に見えたのだろう。「そつ」の語源は不明だそうだが、「そつがない」の反対語は「詰めが甘い」とされている。

中学生になって反権力に目覚めたのだ、といえばカッコいいが、やっぱり詰めが甘い。

父の落款（2020・12・7）

年末が近づくと慌てて身のまわりの片付けをするのは毎年のことだが、終活のつもりでなるべくモノを捨てようと日頃から心がけているのに、部屋を見回すとなんだか以前より不要なモノが増えているような気がする。

本はすでに大量を処分したつもりだが、新しい本がまた増え出した。このままもし長生きでもしたら、せっかく空になった本棚がまたいっぱいになるかもしれない。

身辺を整理してから死ぬという理想は、もうなかばあきらめた。あとは死んだときに残ったガラクタを、中を見ずに一気に捨ててくれるよう頼むだけである。

形見に残すような品はなにもない。あったとしても、残されたほうが困るだろう。

私が片付けられないモノの中には、人からもらった形見もある。故人がぜひ私にと言って遺族に託した品。遺族が遺品の中から、これは私が持つのがよいだろうと判断した品。そう言われたら断るわけにもいかないので、脈絡のない品が脈絡のない場所に置かれたり仕舞われたりしている。

父の形見、というのもある。

父・玉村方久斗（ほくと）の日本画作品の大半は散逸しており、私も小さな色紙や掛軸くらいしか持っていないが、父が使っていた硯（すずり）や水差し、筆や落款（らっかん）などが少し遺されている。

落款の印章には雅号を篆刻（てんこく）したものが多いが、中にひとつだけ「百九十一番居」と彫られたものがある。

方久斗は大正期に20代で画壇にデビューし、川端龍子（りゅうし）らと競って活躍した新興美術運動の旗手だったが、1943年に戦時中の物資不足から画材が配給制となり日本画資材統制協会が190名のみを日本画家として認めたとき、その対象から除外された。戦争に協力せず、反政府的な言動があったため、権力に睨まれたのが原因だろう。

父は以来「191番目の日本画家」を名乗って反抗の姿勢を示し、作品にもその落款を捺すことがあったようだ。

小さな印章だが、父の思想や信条を推し量る証しとして、大切にしたい形見である。

老兵（2020・12・14）

物書き商売をしていると、毎月何冊か本が送られてくる。

出版社からの新刊の案内や、見知らぬ著者からの献呈本のほか、知り合いの同業者からも近況報告代わりに新著が送られてくる。

最近、ほぼ同時にふたりの著者から最新刊が届いた。ひとりは編集者から随筆家に、もうひとりは新聞記者から評論家になった男性で、ふたりとも年齢はもう80歳を超えている。

女性には昔からときどき長寿の作家がいた。いまはその数も増えて90代の現役作家は両手で数え切れないほどいるが、男性で80歳を越えて本を出す人はまだそれほど多くない。

みんな長生きになって、仕事寿命も延びたのはご同慶の至りだが、やはり能力的な限界はいつか来る。絵描きは歳をとっても筆さえ持てればなんとかなるが、文章を書くにはある程度明晰な頭脳が必要だ。私は送られてきた先輩たちの著書を前に、自分は何歳までまともな文章を書けるだろうか、と自問した。

老兵は消え去るのみ。

そんな言葉が、頭の中を去来する。

気になって調べたら、もとは英国軍人が基地内の教会で歌っていたゴスペルソングから米軍兵士が替え歌をつくり、日本ではマッカーサー元帥が退任演説でその一節を引用したことから有名になったという。

老兵は死なず、ただ消え去るのみ。前段の意味は、百戦錬磨のベテラン兵は決して戦場で死ぬことはない、という意味だそうだ。私は「消え去るのみ」だけ覚えていて、「死なず」のほうを忘れていた。

死んではいないが、現場からは姿を消す……未来を決める仕事は未来を生きる世代に託すべきだ、という意味だろう。

75歳になって、私は社会的な活動から本格的にリタイヤすることに決めた。名刺は持たず、会合への出席や儀礼的な挨拶は遠慮する。

残された人生の時間は、絵を描き、文章を書くという、個人的な創作活動にだけ使うことにしたい。いつまで頭とからだが続くか、分からないが。

去年今年（2020・12・21）

去年今年（こぞことし）貫く棒の如きもの

高浜虚子、76歳の作品。私はいつも、新年になると新聞やテレビが突然未来の希望を明るく語り、年が改まればすべてが変わるような印象を与えることに違和感を抱いて、かならずこの一句を思い浮かべる。

年末に抱えていた問題は、新年になっても継続する。それを思えば、正月気分に浮かれるわけにもいかない……棒という表現が、なにか重いもの、動かし難いものを想起させて不気味である。

今年もまたこの句を思い浮かべる季節になったが、2020年から2021年にかけては分かりやすい。棒のように貫くものが、コロナ禍であることは明白だから。

が、2019年と2020年はどうだろう。インバウンドだオリンピックだと浮かれていた19年と、ウイルスの打撃に沈んだ20年とでは天と地ほどの違いがあるようだが、よく見ると両者は表裏一体のようでもある。夢を追う者は、その夢につまずくのだ。最初からオリンピックがなければ、経済への打撃も小さくて済み、感染拡大に対する手も早く打てただろう。その意味では、やはり同じ棒が貫いているのではないか……。

ともあれ、静かに年の瀬を迎えることにしよう。

今日も私は、朝、目を覚ますと、一足先にベッドを降りて伸びをしている愛犬のピノに、さあ、今日も楽しい一日がはじまるよ、と声に出して呼びかける。半年前くらいからの、これが朝のルーティーンだ。ピノはピョンと跳ねてから一目散に駆け出し、私はその後を追って台所に下りていく。

コロナ禍のおかげで、私の隠居生活は予定より半年ほど早まった。今年がこんな一年になるなんて、いったい誰が想像しただろう。が、いつだって未来は分からないから面白いのだ。

一寸先は闇というけれど、いつか闇が来る、ということは、闇が来るまでは光が射しているということだ。

その光の中の日常を、淡々と歩いて行くことにしよう。

明けまして（あとがき）

２０１９年から２０２０年にかけて書いたコラムをあらためて読み返した後、２０２１年の１月１日にこの文章、本書の「あとがき」にあたる「１００本目のコラム」を書いている。

強烈な寒波と大雪に見舞われると天気予報に脅かされていた割には、よく晴れて、風もなく、朝の気温も平年並みという穏やかな正月を迎えた。明けまして、おめでとうございます。

……と言いたいところだが、大晦日の新型コロナウイルス新規感染（陽性確認）者数は、東京都が１３３７人、全国では４５１９人で、ともに過去最高。日本の統治システムが機能不全に陥っていることを考えると、先を見通すことができない、あまりめでたいとも言っていられない状況になってきた。この本が読者の手に届く頃には、どうなっているだろうか。

私は、ワクチンが「神風」になってコロナを蹴散らし、東京オリンピック・パラリンピックが成功して世界中から称賛され、日本の経済がＶ字回復を遂げる……というような、能天気なシナリオを信じる者ではない。むしろそれとは正反対の苦境に日本が陥り、混乱と低迷の中から時間をかけて再生への道を探る、その過程で世代の交代と社会の転換が少しずつ見えてくるという、最悪の「プランＢ」のほうが、日本の未来に寄与すると考えている。が、その姿が見えてくる頃には、私はもうこの世にいないだろう。

私は２０２０年10月に75歳の誕生日を迎え、無事「基礎疾患のある後期高齢者」となりました。これを機に、文章を書く、絵を描く、といった個人的創作活動以外のあらゆる社会的な活動を限りなく縮小して本格的な「隠居生活」に入りますので、今後はみなさまに数々の非礼、欠礼、無礼を重ねるであろうことを、あらかじめお詫び申し上げます。

２０２０年の末に出した挨拶状に、私はそう書いて隠居宣言をした。

私が隠居を宣言したのは、年寄りは未来の決定に関与してはいけない、次の世界は次の世代にまかせよう、と思ったのと、現実的に、もう自分にはあまり時間が残されていない、と感じるからだ。

モランディのように朝から画室に籠って絵を描き、疲れたら書斎の机に向かいホラティウスのように文字を綴る。今日から一日も休まずに、最後の日が来るまでこのルーティーンを続けよう。

ときに父親譲りの野党精神が頭をもたげて政治や社会に文句を言いたくなることがあっても、声高に主張はせず、論争からは身を遠ざけ、ひとり横を向いて小言をつぶやく、そんな隠居に私はなりたい。

2019年の出来事

1月	3日	トランプ大統領と米国国防総省、イラン革命防衛隊ソレイマニ司令官を爆殺
1月	3日	中国の無人探査機が月の裏側に着陸
1月	5日	中国海警局の公船が尖閣諸島の領海に侵入(以後、年末まで毎月)
1月	27日	ジャニーズ事務所、嵐が2020年12月31日をもって活動休止することを発表
2月	12日	水泳の池江璃花子選手、白血病罹患を報告
2月	22日	小惑星探査機「はやぶさ2」が「リュウグウ」に着陸し岩石の一部を採取
3月	6日	カルロス・ゴーン被告、保釈され変装して東京拘置所を出所(4月4日再逮捕)
4月	1日	新元号「令和」発表
4月	15日	パリ・ノートルダム大聖堂で大規模火災、尖塔などが焼失
4月	19日	東京・東池袋の交差点で87歳男性が運転する乗用車が暴走、2人死亡8人重軽傷
5月	1日	令和改元(天皇明仁から天皇徳仁への皇位継承)
5月	25日	トランプ米国大統領、来日(28日までの3日間)
5月	28日	神奈川・川崎市登戸で刃物男が小学校のスクールバスを襲い2人死亡19人重軽傷
6月	4日	吉本興業の闇営業問題が発覚
6月	9日	香港で民主化を求める学生らのデモ激化
6月	28日	欧州各地で熱波、フランスでは観測史上最高の45.9℃を記録
7月	9日	ジャニー喜多川さん、死去
7月	18日	京都アニメーションの第1スタジオが放火により全焼、36人死亡
8月	4日	渋野日向子選手、全英女子オープンゴルフで優勝
8月	10日	常磐自動車道であおり運転、ガラケー女騒動
9月	9日	台風15号が関東地方に上陸、千葉県を中心に暴風と停電で大被害
10月	1日	消費税率8%から10%へ引き上げ
10月	9日	ノーベル化学賞、リチウムイオン電池開発の吉野彰さんに
10月	12日	台風19号が関東地方に上陸、大雨被害で死者多数。千曲川が決壊
10月	13日	ラグビーワールドカップ日本代表、決勝トーナメント進出
10月	31日	那覇市の首里城から出火、正殿など8棟が焼損
11月	20日	安倍晋三首相の在任期間が2887日に達し記録更新
11月	30日	新国立競技場の工事完了
12月	4日	アフガニスタンで中村哲医師が銃撃され死亡
12月	31日	カルロス・ゴーン被告の国外逃亡が発覚

2020年の出来事

1月 7日	中国・武漢市で発生した原因不明の肺炎、新型コロナウイルスが原因と発表
1月 31日	安倍政権、黒川弘務東京高検検事長の定年延長を閣議決定
2月 3日	ダイヤモンド・プリンセス号が横浜港に寄港、5日より検疫はじまる
2月 27日	安倍首相、全国の小中高校の一斉臨時休校を要請(3月2日から春休みまで)
3月 11日	新型コロナウイルス、WHOがパンデミックを宣言
3月 24日	東京オリンピック・パラリンピック 2020を1年程度延期すると発表
3月 29日	志村けんさん、新型コロナウイルス感染により死去
4月 7日	安倍首相、緊急事態宣言を発令(5月25日解除)
5月 20日	高野連、高校野球夏の甲子園大会の中止を発表
6月 18日	前法務大臣の河井克行衆院議員と妻の河井案里参院議員が逮捕される
7月 22日	Go To トラベルキャンペーン、連休に合わせ急遽前倒しでスタート
8月 6日	モーリシャス沖で座礁した貨物船「わかしお」から燃料が大量漏出
8月 20日	藤井聡太7段が王位を奪取、棋聖と併せて二冠となり八段に昇段
8月 28日	安倍首相、持病の潰瘍性大腸炎が再発したとして辞任する意向を表明
9月 13日	大坂なおみ選手、全米女子オープンテニスで優勝。BLM運動のマスク着用
9月 14日	自民党総裁選挙、菅義偉内閣官房長官を総裁に選出(16日菅内閣発足)
10月 1日	東京証券取引所でシステム障害が発生、全銘柄の株式売買が終日停止
10月 1日	菅政権、日本学術会議の新規会員任命で6人の社会科学者を除外
10月 2日	トランプ米国大統領、新型コロナウイルスに感染
10月 29日	新型コロナ欧州第2波、フランス・ドイツなど2度目のロックダウンへ
11月 1日	大阪都構想、住民投票で再び否決され廃案に
11月 7日	米国大統領選バイデン氏逆転当確もトランプ大統領は敗北認めず
11月 10日	米国ファイザー社の新型コロナワクチン、90%超の有効性を確認と発表
11月 16日	民間宇宙飛行船クルードラゴン打ち上げ成功、野口聡一さん搭乗
12月 6日	小惑星探査機「はやぶさ2」回収、カプセル投下してそのまま次の観測へ
12月 8日	ファイザー社の新型コロナワクチン、英国で接種開始(米国は14日から)
12月 14日	感染症対策が不評で菅内閣支持率急落、Go Toトラベル一時停止へ
12月 21日	東京地検特捜部が「桜を見る会」前夜祭をめぐり安倍前首相から事情聴取
12月 29日	東証株価バブル期以来30年ぶりの高値、コロナ対策資金が流入か
12月 31日	東京都のコロナ陽性確認者1300人超、世界中で感染拡大続く

撮　影　増島　実
デザイン　南　剛（中曽根デザイン）
校　正　藤田晋也
連載担当　沢登亜希子（大蔵財務協会）
編　集　矢島美奈子（天夢人）

明けゆく毎日を最後の日と思え
玉村豊男のコラム日記 2019〜2020

二〇二一年二月一六日　初版第一刷発行

著　者　玉村豊男

発行人　勝峰富雄
発　行　株式会社天夢人
〒一〇一−〇〇五四　東京都千代田区神田錦町三丁目一番地
https://temjin-g.com/

発　売　株式会社山と溪谷社
〒一〇一−〇〇五一　東京都千代田区神田神保町一丁目一〇五番地

印刷・製本　大日本印刷株式会社

⊙内容に関するお問合せ先
天夢人　電話 〇三−六四一三−八七五五
⊙乱丁・落丁のお問合せ先
山と溪谷社自動応答サービス　電話 〇三−六八三七−五〇一八
受付時間一〇時−一二時、一三時−一七時三〇分（土日、祝日を除く）
⊙書店・取次様からのお問合せ先
山と溪谷社受注センター　電話 〇三−六七四四−一九一九　FAX 〇三−六七四四−一九二七

●定価はカバーに表示してあります。

ISBN978-4-635-82267-1